OS PECADOS DOS PAIS

Série Policial

Réquiem caribenho
Brigitte Aubert

Bellini e a esfinge
Bellini e o demônio
Tony Bellotto

Bilhete para o cemitério
O ladrão que achava que era Bogart
O ladrão que estudava Espinosa
O ladrão que pintava como Mondrian
Uma longa fila de homens mortos
Os pecados dos pais
Punhalada no escuro
Lawrence Block

O destino bate à sua porta
James Cain

Nó de ratos
Vendetta
Michael Dibdin

Edições perigosas
Impressões e provas
John Dunning

Máscaras
Leonardo Padura Fuentes

Correntezas
Jogo de sombras
Tão pura, tão boa
Frances Fyfield

Achados e perdidos
Uma janela em Copacabana
O silêncio da chuva
Vento sudoeste
Luiz Alfredo Garcia-Roza

Neutralidade suspeita
A noite do professor
Transferência mortal
Jean-Pierre Gattégno

Continental Op
Dashiell Hammett

O talentoso Ripley
Patricia Highsmith

Uma certa justiça
Morte no seminário
Pecado original
P. D. James

O dia em que o rabino foi embora
Domingo o rabino ficou em casa
Sábado o rabino passou fome
Sexta-feira o rabino acordou tarde
Harry Kemelman

Um drink antes da guerra
Sobre meninos e lobos
Dennis Lehane

Morte no Teatro La Fenice
Donna Leon

Dinheiro sujo
Também se morre assim
Ross Macdonald

É sempre noite
Léo Malet

Assassinos sem rosto
A leoa branca
Henning Mankell

O labirinto grego
Os mares do Sul
O quinteto de Buenos Aires
Manuel Vázquez Montalbán

O diabo vestia azul
Walter Mosley

Informações sobre a vítima
Joaquim Nogueira

Aranhas de ouro
Clientes demais
A confraria do medo
Cozinheiros demais
Milionários demais
Mulheres demais
Ser canalha
Serpente
Rex Stout

Casei-me com um morto
A noiva estava de preto
Cornell Woolrich

LAWRENCE BLOCK

OS PECADOS DOS PAIS

Tradução:
JOSÉ ALMINO

COMPANHIA DAS LETRAS

Título original:
The sins of the fathers — A Matthew Scudder Novel

Projeto gráfico de capa:
João Baptista da Costa Aguiar

Foto de capa:
Ana Ottoni
(Locação: Bar Brahma)

Preparação:
Dirce Helena Salles

Revisão:
Isabel Jorge Cury
Beatriz de Freitas Moreira

Dados Internacionais de Catalogação na Publicação (CIP)
(Câmara Brasileira do Livro, SP, Brasil)

Block, Lawrence
Os pecados dos pais / Lawrence Block ; tradução José Almino. — São Paulo : Companhia das Letras, 2002.

Título original: The sins of the fathers.
ISBN 85-359-0310-0

1. Ficção policial e de mistério (Literatura norte-americana) I. Título.

02-6219 CDD-813

Índice para catálogo sistemático:
1. Ficção : Literatura norte-americana 813

2002

EDITORA SCHWARCZ LTDA.
Rua Bandeira Paulista, 702, cj. 32
04532-002 — São Paulo — SP
Telefone: (11) 3167-0801
Fax: (11) 3167-0814
www.companhiadasletras.com.br

Para ZANE,
que esteve presente durante a criação,
e em memória de LENNIE SHECTER,
que me apresentou a Scudder

1

Era um homem grande, mais ou menos da minha altura, com um pouco mais de carne na carcaça volumosa. As sobrancelhas arqueadas, proeminentes, ainda eram negras. O cabelo escuro, liso e penteado para trás dava uma aparência leonina à cabeça maciça. Usava óculos, mas eles estavam sobre a mesa de carvalho posicionada entre nós. Os olhos castanho-escuros sondavam minha face em busca de mensagens secretas. Se encontraram alguma, nada refletiram. Suas feições eram talhadas com nitidez — nariz aquilino, boca bem desenhada, maxilar anguloso —, mas o efeito geral que emanava daquele rosto era o de um bloco de pedra em branco à espera de que alguém viesse registrar nela os Mandamentos. Ele disse:

— Não sei grande coisa a seu respeito, Scudder.

Eu sabia alguma coisa a respeito dele. Seu nome era Cale Hanniford. Tinha uns cinqüenta e cinco anos. Vivia no norte do estado, em Utica, onde possuía um armazém de venda de medicamentes por atacado e alguns imóveis. Era dono de um Cadillac último tipo, estacionado lá fora junto ao meio-fio. Tinha uma mulher à sua espera no quarto do Hotel Carlyle.

E tinha uma filha numa gaveta fria de aço no necrotério da cidade.

— Há pouco a saber — falei. — Eu era policial.

— Um excelente policial, segundo o tenente Koehler.

Dei de ombros.

— E agora você é detetive particular.

— Não.

— Achei que...

— Detetives particulares têm licença. Gravam telefonemas e seguem gente. Preenchem formulários, mantêm registros, essas coisas todas. Eu não faço nada disso. Às vezes faço um favor a alguém e a pessoa retribui com um presente.

— Entendo.

Tomei um gole de café. Estava bebendo café misturado com bourbon. Hanniford tinha diante de si um Dewar's com água, mas não parecia muito interessado na bebida. Estávamos no Armstrong's, um bar de tipo convencional, excelente, com paredes forradas de madeira e um teto de metal com gravuras. Eram duas da tarde da segunda terça-feira de janeiro e o lugar estava praticamente à nossa disposição. Do outro lado da sala, duas ou três enfermeiras do Hospital Roosevelt bebiam cerveja displicentemente e um garoto com um ensaio de barba comia hambúrguer numa das mesas próximas à janela.

Hanniford disse:

— É difícil explicar o que eu quero que você faça para mim, Scudder.

— E eu não estou seguro de *poder* fazer alguma coisa por você. Sua filha está morta. Não tenho como mudar isso. O garoto que a matou foi preso no local. Pelo que li nos jornais, nem que o homicídio tivesse sido filmado a situação seria mais óbvia.

O rosto dele ficou sombrio; ele estava vendo o tal filme naquele momento, a faca golpeando. Emendei rapidamente:

— Eles o pegaram, detiveram e jogaram na cadeia. Isso foi numa quinta-feira? — Ele confirmou com a cabeça. — E no sábado de manhã acharam o garoto enforcado na cela. Caso encerrado.

— É o que você acha? Que o caso está encerrado?

— Do ponto de vista das autoridades legais, está.

— Não é isso que estou falando. Claro que a polícia tem de ver a história dessa maneira. A polícia prendeu o assassino e já não é possível puni-lo. — Ele se inclinou na minha direção. — Mas há coisas que preciso saber.

— O quê, por exemplo?

— Quero saber por que ela foi morta. Quem ela era. Nos últimos três anos eu praticamente não tive contato com a Wendy. Meu Deus, eu nem sabia com certeza se ela estava morando em Nova York. — Os olhos dele evitaram os meus. — Disseram que ela não tinha emprego. Que não tinha fonte visível de renda. Vi o prédio onde ela morava. Minha intenção era subir até seu apartamento, mas não consegui. Wendy pagava um aluguel de quase quatrocentos dólares por mês. O que é que lhe vem à cabeça?

— Que algum homem estava bancando as despesas dela.

— Ela dividia o apartamento com o rapaz... Vanderpoel; o cara que a matou. Ele trabalhava para um importador de antigüidades. Ganhava mais ou menos cento e vinte e cinco dólares por semana. Se ela estava sendo sustentada por um amante, o sujeito não ia querer que ela dividisse o apartamento com o Vanderpoel, não é mesmo? — Respirou fundo. — Acho que deve ser bastante óbvio que ela era uma prostituta. A polícia não me disse isso com todas as letras. Teve muito tato; já os jornais tiveram menos tato.

Em geral, é o que costuma acontecer. E o caso era do tipo que os jornais gostam de explorar. Uma moça bonita, o crime ocorrera no Village e havia uma simpática conotação sexual na história toda. Além disso, a polícia apanhara Richard Vanderpoel correndo pelas ruas coberto com o sangue da vítima. Nenhum editor de assuntos locais minimamente qualificado deixaria o caso passar em brancas nuvens.

Ele disse:

— Scudder, você entende a razão pela qual para mim o caso não está encerrado?

— Acho que sim. — Obriguei-me a olhar fundo os olhos escuros dele. — Para você o assassinato foi uma porta que começou a se abrir. Agora você precisa saber o que há no interior do quarto.

— Então você entende.

Entendia, e gostaria de não entender. Não queria me envolver no caso. Trabalho tão pouco quanto possível. No momento, não precisava trabalhar. Não tenho maiores necessidades de dinheiro. O aluguel do meu quarto de hotel é barato, minhas despesas cotidianas são reduzidas. Além disso, eu não tinha nenhuma razão para não gostar daquele homem. Sempre me sinto mais à vontade quando tomo dinheiro de pessoas de quem não gosto.

— O tenente Koehler não entendeu o que eu estava querendo. Tenho certeza de que ele só me deu o seu nome porque era uma maneira delicada de se ver livre de mim. — Não era exatamente o caso, mas deixei passar. — Mas eu preciso *mesmo* saber essas coisas. Quem era ela? Em quem Wendy se transformara? E por que alguém ia querer matá-la?

Por que alguém deseja matar alguém? O ato de matar é executado quatro ou cinco vezes por dia em Nova York. Numa semana particularmente quente, no verão passado, esses números se elevaram a cinqüenta e três. As pessoas matam os amigos, os parentes, os amantes. Um homem em Long Island estraçalhou a própria filha de dois anos fazendo uma demonstração de caratê para os filhos mais velhos. Por que as pessoas faziam essas coisas?

Caim disse que não era o vigia de Abel. Será que não há alternativas? Só podemos ser vigias ou assassinos?

— Você vai trabalhar para mim, Scudder? — Ele conseguiu esboçar um sorriso. — Melhor dizendo: você me faz esse favor? Porque seria um favor, sabe?

— Será mesmo?

— Como assim?

— A tal porta aberta. Talvez haja coisas lá dentro que você preferiria não ver.

— É verdade.

— E é por isso que você *precisa* entrar.

— Exatamente.

Terminei meu café. Depositei a xícara na mesa e respirei fundo.

— Bom... — eu disse. — Vamos ver no que dá.

Ele se acomodou na cadeira, tirou um maço do bolso e acendeu um cigarro. O primeiro, desde que entrara no Armstrong's. Algumas pessoas fumam quando estão tensas, outras quando a tensão passa. Agora ele estava mais relaxado, estava com cara de quem tinha concluído uma tarefa.

Eu estava com uma nova xícara de café diante de mim e duas ou três páginas preenchidas na caderneta. Hanniford continuava bebericando sua primeira dose. Me contara uma porção de coisas sobre a filha, coisas que eu jamais teria precisado saber. Mas talvez alguma daquelas coisas viesse a mostrar-se importante, e não havia como adivinhar qual delas. Havia muito tempo eu aprendera a escutar tudo o que um homem tem a dizer.

Foi assim que eu soube que Wendy era filha única, que sempre se saíra bem na escola e que fora popular entre os colegas, mas que tivera poucos namorados. Eu estava começando a construir uma imagem de garota, uma imagem ainda pouco nítida, mas que no fim teria de se harmonizar com a imagem de uma prostituta esfaqueada num apartamento do Village.

A imagem começou a ficar embaçada no momento em que ela saiu de casa para fazer a faculdade em Indiana. Foi evidentemente nesse momento que seus pais começaram a perdê-la. Ela fora classificada em inglês como primeira opção e em administração pública como segunda opção. Só que dois meses antes de se formar, fizera as malas e desaparecera.

— A universidade entrou em contato conosco. Fiquei muito preocupado, ela nunca tinha feito nada assim antes. Eu não sabia o que fazer. Aí recebemos um cartão-postal. Ela estava trabalhando em Nova York e queria resolver algumas coisas por lá. Muitos meses depois, recebemos outro cartão, dessa vez de Miami. Eu não sabia se Wendy tinha se mudado ou se estava de férias.

Depois disso, mais nada. Até o dia em que o telefone tocou e eles ficaram sabendo que ela havia morrrido. Estava com dezessete anos ao terminar o secundário, vinte e um ao abandonar a faculdade e vinte e quatro ao ser esfaqueada por Richard Vanderpoel. E ponto final: essa seria sua idade máxima na vida.

Ele começou a dizer coisas que depois Koehler voltaria a me contar com mais detalhes. Nomes, endereços, datas, horários. Deixei que falasse. Alguma coisa estava me incomodando, e esperei que ela tomasse forma em minha mente.

Ele disse: — O rapaz que a matou... Richard Vanderpoel... Ele era mais moço do que ela. Tinha só vinte anos. — Fez uma expressão de desagrado, ao lembrar-se. — Quando eu soube o que tinha acontecido, o que ele tinha feito, quis matar aquele garoto. — As mãos dele se crisparam e depois, lentamente, se distenderam. — Só que depois que ele se suicidou... Sei lá, alguma coisa mudou dentro de mim. De repente me dei conta de que ele também era uma vítima. O pai dele era pastor.

— É, eu sei.

— Numa igreja em algum lugar do Brooklyn. Tive um impulso. Eu queria falar com o camarada. Nem sei o que achava que teria vontade de dizer a ele. O que quer que fosse, depois de um momento de reflexão percebi que nunca poderia ter aquela conversa. E no entanto...

— Você quer conhecer o rapaz. Para conhecer sua filha.

Ele confirmou com a cabeça.

Eu disse:

— Sabe o que é um kit de retratos para identificação, Hanniford? Provavelmente você já viu em reportagens de jornal. Quando a polícia tem uma testemunha ocular, usa esse kit de transparências para compor a imagem de um suspeito a partir de seus diferentes componentes: "O nariz era como este? Ou este outro é mais parecido? Maior? Mais largo? E as orelhas? Que par de orelhas chegam mais perto?". Até que os traços reunidos formem um rosto.

— É, eu sei como funciona.

— Então você também já deve ter visto fotografias reais de suspeitos ao lado dos retratos feitos com esses kits. Eles nunca se parecem entre si, especialmente para olhos não treinados. Mas existe uma semelhança concreta, e um policial treinado pode fazer muito bom uso disso. Percebe aonde eu quero chegar? Você quer fotografias de sua filha e do garoto que a matou. Eu não estou equipado para lhe fornecer isso. Ninguém está. Posso acumular fatos e impressões e elaborar um desses retratos artificiais, mas o resultado talvez não chegue nem perto do que você realmente desejaria.

— Entendo.

— Mesmo assim, quer que eu vá em frente?

— Quero, com toda a certeza.

— Provavelmente eu sou mais caro do que uma dessas grandes agências. Elas trabalham por dia ou por hora e adicionam as despesas. Eu pego uma certa quantia de dinheiro e arco eu mesmo com as despesas. Também não gosto de escrever relatórios nem de marcar encontros periódicos se não houver nada para dizer. Encontros só para manter o cliente satisfeito.

— Quanto dinheiro você quer?

Nunca sei como estabelecer um preço. Como atribuir um valor ao seu próprio tempo, quando seu único valor é pessoal? E quando a sua vida foi reestruturada deliberadamente para minimizar o envolvimento na vida dos outros, quanto se cobra de um homem que força você a se envolver?

— Quero dois mil dólares agora. Não sei quanto o assunto vai demorar, ou quando você decidirá que já viu o suficiente do que há no quarto escuro. Talvez eu peça mais dinheiro durante o trabalho ou quando tudo estiver terminado. Claro, você sempre terá a opção de não me pagar.

Ele sorriu de repente. — Você é um homem de negócios pouco ortodoxo.

— Suponho que sim.

— Nunca tive necessidade de contratar um detetive, de modo que na verdade não sei como se faz isso, habitualmente. Pode ser um cheque?

Falei que tudo bem. Enquanto ele preenchia o cheque, consegui descobrir o que antes estava me incomodando. Perguntei: — Você nunca contratou um detetive depois que a Wendy sumiu da faculdade?

— Não. — Ele ergueu os olhos. — Logo depois recebemos o primeiro dos dois postais. Claro, pensei em contratar um detetive, mas quando soubemos que ela estava bem, desisti da idéia.

— Mas você continuava sem saber onde ela estava e do que vivia.

— É. — Ele baixou os olhos. — Em parte é isso, lógico. A razão de eu agora estar tentando descobrir o que não sabia. — Seus olhos procuraram os meus novamente e havia alguma coisa neles da qual eu queria me esquivar, sem conseguir. — Tenho de saber qual é a minha parcela de culpa.

Será que ele achava mesmo que algum dia teria uma resposta para essa pergunta? Ah, talvez encontrasse uma, mas não seria a resposta correta. Não há resposta correta para essa questão ineludível.

Naquele momento ele terminou de preencher o cheque e me entregou o pagamento. Deixara um espaço em branco onde deveria constar o meu nome. Disse que talvez eu preferisse o cheque daquela maneira. Ao portador. Respondi que poderia ser nominal e ele destampou novamente a caneta e escreveu *Matthew Scudder* na linha correspondente. Dobrei o cheque, guardei-o no bolso e disse:

— Hanniford, tem uma coisa que você não me disse. Acha que não é importante, mas talvez seja, e você acha que vai ver que é.

— Como você sabe?

— Instinto, imagino. Passei muitos anos vendo as pessoas decidirem até que ponto querem saber a verdade. Não há nada que você *tenha* de me dizer, mas...

— Ah, é irrelevante, Scudder. Não falei porque achei que não tinha nada a ver, mas... Ora, dane-se. Wendy não é minha filha biológica.

— Foi adotada?

— Eu a adotei. Minha mulher é a mãe de Wendy. O pai morreu antes de ela nascer. Era fuzileiro. Morreu desembarcando em Inchon. — Novamente, ele desviou o olhar. — Casei com a mãe de Wendy três anos depois. Desde o início, amei-a tanto quanto um pai verdadeiro. Quando descobri que... que eu era incapaz de ter filhos, fiquei ainda mais agradecido por sua existência. Então? É importante?

— Não sei — eu disse. — Provavelmente não. — Mas para mim, óbvio que era importante. Dizia-me um pouco mais sobre a carga de culpa que afligia Hanniford.

— Scudder, você não é casado, não é verdade?

— Divorciado.

— Filhos?

Fiz que sim com a cabeça. Ele começou a falar alguma coisa e parou. Comecei a desejar que ele fosse embora.

Ele disse:

— Você deve ter sido um ótimo policial.

— Não era ruim. Tinha o instinto e aprendi os truques. Isso já é noventa por cento do negócio.

— Quanto tempo você ficou na polícia?

— Quinze anos. Quase dezesseis.

— Não tem uma aposentadoria, uma coisa assim, quando a pessoa fica vinte anos?

— É, tem.

Ficou faltando ele me fazer a pergunta, e aquilo, estranhamente, me incomodou mais do que se ele a tivesse feito.

— Perdi a fé — falei.

— Como um padre?

— Mais ou menos. Não exatamente, porque não é raro um tira perder a fé e continuar sendo tira. Talvez ele nunca tivesse tido fé, desde o início. No fim das contas, descobri que não queria mais ser tira. Nem marido, nem pai. Nem membro produtivo da sociedade.

— Por causa da corrupção na polícia? Esse tipo de coisa?

— Não, não. A corrupção nunca me incomodou. Teria sido difícil sustentar uma família sem ela. Não, foi outra coisa.

— Entendo.

— Entende? Dane-se, não é nenhum segredo. Numa noite de verão, eu estava de folga. E fui a um bar em Washington Heights onde os tiras não precisavam pagar pela bebida. Dois garotos assaltaram o lugar. Na saída, atiraram no coração do cara que tomava conta do bar. Fui atrás deles, pela rua. Matei um com um tiro e acertei o outro na coxa. Ele nunca mais voltará a andar direito.

— Entendo.

— Não, acho que você não entende. Aquela não foi a primeira vez que matei alguém. Fiquei feliz porque um tinha morrido e lamentei muito o fato de o outro se recuperar.

— Então...

— Uma bala se perdeu e ricocheteou. Atingiu uma garota de seis anos no olho. O ricochete amorteceu a força da bala. Uma polegada acima e ela poderia ter resvalado na testa. Deixaria uma cicatriz horrível, porém nada de mais grave. Entretanto, atingiu um tecido mole e foi direto para o cérebro. Me disseram que a morte foi instantânea. — Olhei para minhas mãos. Mal se via o tremor. Peguei o copo, esvaziei-o e disse: — Ninguém me culpou de nada. Na verdade, ganhei um elogio do meu departamento. Aí me demiti. Decididamente, não queria mais ser policial. Nunca mais.

* * *

Fiquei ali sentado durante alguns minutos, depois que ele saiu. Em seguida fiz um sinal com os olhos para Trina e ela me serviu outro café com bourbon.

— Seu amigo não é um grande bebedor — ela disse.

Concordei que ele não era. Alguma coisa no meu tom de voz deve tê-la alertado, porque ela se sentou na cadeira de Hanniford e pôs a mão por um momento sobre a minha.

— Problemas, Matt?

— Na verdade, não. Coisas para fazer que eu preferiria não fazer.

— Você gostaria simplesmente de ficar aqui e se embebedar.

Abri um sorriso para ela.

— Quando foi que você me viu bêbado?

— Nunca. E também nunca vi você sem um copo na mão.

— É um equilíbrio excelente.

— Não pode ser bom para você, pode?

Gostaria que ela tocasse minha mão novamente. Seus dedos eram longos e finos, seu toque bem macio. — Nada é muito bom para ninguém — eu disse.

— Café e birita. É uma combinação estranha.

— É mesmo?

— Birita para embebedar, café para deixar sóbrio.

Balancei a cabeça: — Café nunca deixou ninguém sóbrio. Ajuda a manter a pessoa acordada. Dê muito café a um bêbado e terá um bêbado desperto.

— É isso que você é, meu querido? Um bêbado desperto?

— Nem uma coisa nem outra. Bebo por outra razão.

Passei pelo banco um pouco depois das quatro. Depositei quinhentos dólares na minha conta e peguei em cash o restante do cheque de Hanniford. Era minha primeira visita desde o primeiro dia do ano e haviam acrescentado juros à minha conta de poupança. A máquina fez o cálculo num piscar de olhos. A soma envolvida não justificava, nem de longe, o tempo gasto pelo aparelho naquela operação.

Voltei pela 57 até a Nona Avenida e depois subi na direção norte, passando pelo Armstrong's e pelo hospital até chegar à igreja de St. Paul. A missa estava terminando; esperei na porta enquanto uma dúzia de pessoas se dispersava à saída. Na maioria, mulheres de meia-idade. Depois entrei e enfiei quatro notas de cinqüenta dólares na caixa de esmolas.

Paguei o dízimo. Não sei por quê. Aquilo virara hábito, assim como freqüentar igrejas. Comecei a fazer isso um pouco depois de me mudar para o quarto de hotel.

Gosto de igreja. Gosto de ficar lá dentro quando tenho de pensar sobre alguma coisa. Naquele dia, sentei mais ou menos no meio, na lateral. Suponho ter ficado lá uns vinte minutos, talvez um pouco mais.

Dois mil dólares de Cale Hanniford para mim, duzentos dólares da minha parte para a caixa de esmolas da St. Paul. Não sei o que eles fazem com o dinheiro. Talvez comprem comida para as famílias pobres. Talvez comprem carrões para o clero. Na verdade, estou pouco ligando para o que eles fazem com a grana.

Dou mais dinheiro para os católicos do que para os outros. Não porque seja parcial, mas porque eles trabalham mais horas. A maioria das igrejas protestantes fecha durante a semana.

Um ponto a mais para os católicos: você pode acender velas. Acendi três ao sair. Para Wendy Hanniford, que nunca completaria vinte e cinco anos, para Richard Vanderpoel, que jamais completaria vinte e um; e, naturalmente, para Estrellita Rivera, que nunca completaria sete.

2

O sexto distrito fica na Décima Oeste. Quando cheguei, Eddie Koehler estava na sua sala lendo relatórios. Não pareceu surpreso em me ver. Empurrou uns papéis para o lado e me indicou uma cadeira perto da sua mesa, com um gesto de cabeça. Sentei e me inclinei para apertar a sua mão. Duas notas de dez e uma de cinco dólares passaram da minha mão para a dele.

— Acho que você está precisando de um chapéu novo — falei.

— Tem razão. O meu está mesmo pedindo um outro. O que você achou de Hanniford?

— Um pobre coitado.

— É verdade, mais ou menos isso. Tudo aconteceu tão rápido que ele ficou estarrecido, de boca aberta. Foi o fator tempo que o deixou assim. Se a gente tem uma semana, um mês para ter controle sobre os fatos, ou se há um julgamento que se arrasta por um ano ou mais, as coisas vão andando e às vezes nos ajudam a entender a tragédia. Mas do jeito como tudo aconteceu, *bang*, *bang*, uma coisa depois da outra, a gente prendeu o assassino antes de ele saber que a filha estava morta, e antes mesmo que ele pudesse se recompor, o garoto se enforcou. Assim, Hanniford não pôde absorver o que tinha se passado; não houve tempo. — Seus olhos procuraram os meus com curiosidade. — Então eu pensei que um antigo camarada pudesse ganhar alguma grana nesta história.

— Por que não?

Ele pegou um charuto apagado no cinzeiro e o acendeu. Se quisesse, poderia fumar um novo. O sexto distrito é muito movimentado, e o seu birô, muito bom. Poderia ter se dado ao luxo de mandar Hanniford para casa em vez de tê-lo recomendado a mim, de tal maneira que eu pudesse lhe passar os vinte e cinco dólares. Velhos hábitos custam a desaparecer.

— Pegue um bloco de anotações, dê um pulo até a vizinhança, faça perguntas. Peça por uma semana de trabalho, sem gastar mais do que umas poucas horas. Cobre cem dólares por dia, mais despesas. Pelo amor de Deus... é o suficiente.

Eu disse: — Gostaria de olhar os arquivos sobre o assunto.

— Por que cumprir todas as etapas? Você não vai achar nada por lá, Matt. Foi fechado antes de abrir. Nós algemamos o garoto antes mesmo de sabermos o que ele havia feito.

— *Pro forma*, somente.

Seus olhos se fecharam um pouco. Tínhamos mais ou menos a mesma idade, mas eu havia entrado antes para a polícia e estava sendo promovido a detetive enquanto ele cursava a Academia. Agora, Koehler parecia muito mais velho: havia engordado com o trabalho interno e sua papada caía.

— Perda de tempo, Matt. Por que se ater aos detalhes?

— Digamos que esta é a minha maneira de trabalhar.

— Os arquivos não são abertos para pessoas não autorizadas.

Fui em frente: — Vamos dizer... um outro chapéu para que eu possa dar uma olhada no que você tem. E quero falar com o policial que efetuou a prisão.

— Posso arranjar isso, fazer as apresentações. Vai depender dele, se vai querer ou não falar com você.

— Claro.

Vinte minutos depois, eu estava sozinho na sala. Tinha vinte e cinco dólares a menos na carteira e uma pasta de papel manilha sobre a mesa à minha frente. Não parecia valer o dinheiro que custou, não me dizia nada além do que eu já sabia.

O policial Lewis Pankow, que efetuara a prisão, liderava o grupo com o seu relatório. Fazia tempo que eu não lia um desses documentos, o que me levava de volta a frases como "enquanto procedia na direção oeste, em uma operação de rotina, a pé..."; e a narrativa prosseguia até "nesse momento o suposto perpetrador foi encaminhado para a Casa de Detenção Masculina".

O jargão policialesco é especial.

Li o relatório de Pankow duas ou três vezes e tomei algumas notas. Resumindo-o, em inglês normal, tratava-se de um informe suficientemente claro dos fatos. Às quatro horas e dezoito minutos, ele estava andando na rua Bank Oeste. Ouviu sons de um tumulto e, pouco depois, algumas pessoas lhe disseram que havia um maluco na rua Bethune, dançando em círculos e coberto de sangue. Pankow contornou o quarteirão correndo até lá, onde encontrou "o suposto meliante, subseqüentemente identificado como Richard Vanderpoel da rua Bethune, 194, com as roupas em desalinho, proferindo obscenidades em voz alta e expondo as partes íntimas aos passantes".

Depois de algemá-lo, Pankow conseguiu determinar onde ele vivia. Levando o suspeito, subiu os dois andares que conduzia ao apartamento que Vanderpoel e Wendy Hanniford haviam ocupado. Lá, encontrou Wendy Hanniford "morta, despida e desfigurada por ferimentos aparentemente infligidos por um objeto cortante".

Em seguida, Pankow fez um comunicado por telefone e a rotina usual pôs-se em marcha. Uma pessoa do Departamento de Medicina Legal compareceu à cena do crime para confirmar o que o policial havia informado — que Wendy estava, de fato, morta. A equipe fotográfica tirou as fotos habituais, várias do apartamento, todo coberto de sangue, e muitas mais do corpo de Wendy.

Não havia menção a como ela era quando viva. Ela morreu de perda de sangue e Lady Macbeth tinha razão: ninguém pode estimar a quantidade de sangue que um corpo é capaz de perder ao morrer. Você pode enfiar um furador de gelo no coração de um homem e apenas uma gota de sangue aparecerá na frente da sua camisa. Vanderpoel cortou-lhe os seios, as coxas, a barriga e a garganta. Toda a cama era um mar de sangue.

Após a sessão de fotos, o corpo foi levado para a autópsia. Um tal doutor Jainchill, do Departamento de Medicina Legal, fez o exame *post-mortem*, completo. Ele declarou que a vítima, uma mulher branca, entre os vinte e trinta anos, tinha mantido relações sexuais — oral e genital — recentemente. Ela foi ferida vinte e três vezes com um instrumento cortante, muito provavelmente uma navalha; que não havia nenhuma ferida penetrante (o que poderia explicar por que ele estava optando pela navalha). Várias artérias e veias, as quais vinham cuidadosamente listadas, tinham sido parcial ou totalmente rompidas, durante a agressão. Era provável que a morte tivesse ocorrido às quatro horas da tarde, podendo ser vinte minutos a mais ou a menos; e que, na sua opinião, não havia possibilidade alguma de que esses ferimentos tivessem sido auto-infligidos.

Senti orgulho dele, por ter assumido uma posição tão firme quanto a este último ponto.

O resto da pasta consistia em pedaços de informações que seriam eventualmente complementadas por cópias de relatórios formais fornecidos por outros setores da máquina burocrática. Havia uma nota dizendo que o prisioneiro tinha sido conduzido a um magistrado e formalmente acusado de homicídio, no dia seguinte ao da prisão. Um memorando continha o nome de um advogado indicado pelo tribunal. Um outro mencionava que Richard Vanderpoel havia sido encontrado morto, na sua cela, um pouco depois das seis, na manhã do sábado.

A pasta engordaria com o passar do tempo. O caso

estava encerrado, mas o arquivo do sexto distrito continuaria crescendo como o cabelo e as unhas de um cadáver. O guarda que vigiava a cela e viu Richard Vanderpoel pendurado no cano do aquecedor faria um relatório sobre o que havia encontrado. O mesmo fez o médico que constatou o óbito e o legista que concluiu com absoluta segurança que os lençóis emendados e amarrados em torno do seu pescoço tinham acabado com ele. Finalmente, uma investigação judicial concluiria que Wendy Hanniford fora assassinada por Richard Vanderpoel que, horas depois, cometeria suicídio. O sexto distrito, e todo mundo em contato com o caso, já havia chegado a essa conclusão. Eles tinham concluído a primeira parte bem antes de Vanderpoel ser encarcerado. O caso estava encerrado.

Recomecei tudo e li algumas partes do material novamente. Estudei as fotografias, uma por uma. O apartamento, em si, não parecia muito desarrumado, o que sugeriria que o assassino era alguém conhecido dela. Voltei à autópsia. Nada de fragmentos de pele nas unhas de Wendy, nenhum sinal óbvio de luta. Contusões faciais? Sim, então ela poderia estar inconsciente quando foi golpeada.

Ela estava provavelmente inconsciente enquanto morria. Se ele tinha cortado a sua garganta, e atingido diretamente a jugular, Wendy havia ido embora muito rapidamente. Mas ela perdeu muito sangue pelas feridas no torso.

Peguei uma das fotos e escondi dentro da camisa. Não sabia ao certo por que eu queria aquilo, mas tinha certeza de que ninguém daria por sua falta. Conheci um policial em Cobble Hill, seção do Brooklyn, que tinha o hábito de guardar uma cópia de cada fotografia pavorosa em que punha as mãos. Nunca perguntei por quê.

Quando Koehler voltou, eu havia arrumado tudo e colocado de volta na pasta. Ele fumava um charuto recém-aceso. Saí de trás da sua mesa. Ele me perguntou se eu estava satisfeito.

— Ainda gostaria de falar com Pankow.

— Já arranjei isso. Sabia que você não mudaria de idéia tão facilmente. Achou algo que preste nesta bagunça?

— Como posso saber? Nem sei o que estou procurando. Pelo que entendi, ela estava se prostituindo? Alguma evidência nesse sentido?

— Nada de sólido. Mas se a gente procurasse, poderia encontrar. Bons vestidos, algumas notas de cem na bolsa, nenhum meio de vida aparente. Tudo isso somado levaria a quê?

— Por que ela estava vivendo com Vanderpoel?

— Ele tinha um *instrumento* de trinta centímetros.

— Sério? Era o cafetão dela?

— Provavelmente.

— Mas você não tinha porra nenhuma sobre eles...

— Não. Nenhuma prisão. Eles não existiam para nós, até ele decidir cortá-la em pedaços.

Fechei os olhos por um minuto. Koehler disse o meu nome. Olhei para ele e falei: — Só uma idéia. Alguma coisa que você me disse antes sobre Hanniford e o fator tempo; como isso o havia deixado perplexo. Isso é também verdade em um sentido diferente do que você mencionou. Se ela tivesse sido assassinada por pessoa ou pessoas desconhecidas, você teria posto a sua vida em diapositivos e a teria examinado com um microscópio. Mas, como tudo terminou antes de haver começado, não é o seu trabalho fazer isso agora.

— Certo. Então... não sendo o meu, é o seu trabalho.

— Hã-hã. Com o que ele a matou?

— Com uma navalha, de acordo com o médico. — Deu de ombros: — É um palpite tão bom quanto qualquer outro.

— O que aconteceu com a arma?

— É... Eu sabia que você não deixaria isso passar. Não conseguimos encontrá-la. Mas não há motivo para se preocupar com isso. A janela estava aberta, ele pode tê-la jogado fora.

— O que há do outro lado da janela?

— Um poço de ventilação.

— Você checou?

— Hã... Qualquer pessoa poderia ter apanhado, qualquer criança que entrasse ali...

— Verificou se havia manchas de sangue no poço de ventilação?

— Você está brincando? Num poço de ventilação do Village? As pessoas mijam pela janela, jogam absorventes, lixo, tudo. Em nove entre dez poços você vai achar sangue. Você teria verificado? Com o assassino engaiolado e tudo?

— Não.

— Seja como for, esqueça o poço. Ele foge do apartamento com a faca na mão. Ou com a navalha, não importa que porra tinha na mão. Deixa o troço cair na escada. Corre para a rua e joga a arma na calçada. Enfia numa lata de lixo aberta. Ou então joga no bueiro. Matt, nós não temos uma testemunha ocular de quando ele saiu do prédio. A gente poderia ter achado uma, se precisasse, mas o filho-da-puta estava morto trinta e seis horas depois de haver apagado a garota.

Continuávamos voltando ao mesmo ponto. Eu estava fazendo o trabalho que a polícia teria feito, se ela tivesse sido obrigada a ir em frente. No entanto, Richard Vanderpoel havia lhe poupado a amolação.

— Então nós não sabemos quando ele correu para a rua — Koehler estava dizendo. — Dois minutos antes de Pankow tê-lo encontrado? Dez minutos? Ele poderia ter mastigado e engolido a faca nesse intervalo. Só Deus sabe quanto ele era louco.

— Havia aparelho de barba no apartamento?

— Navalha, você quer dizer? Não.

— Quero dizer alguma coisa para fazer a barba.

— Entendo. Ele tinha um barbeador elétrico. Por que diabo você não esquece essa história de aparelho de barba? Você sabe como são essas merdas de autópsias. Anos atrás, participei de um caso em que o idiota do legista disse que a vítima tinha sido assassinada com um machado. A gente havia detido o filho-da-mãe com um malho de croqué na mão. Todo indivíduo capaz de confundir o estrago feito quando se parte um crânio com um machado com seu afundamento com um malho não sabe qual é a diferença entre um talho feito a navalha de uma boceta.

Concordei e disse: — Por que será que ele fez uma coisa dessas?

— Porque estava muito louco. Foi isso. Saiu correndo pelas ruas de cima para baixo, ensopado com o sangue dela, gritando como um desesperado e sacudindo o pau para todo mundo ver. Se você perguntasse por quê, ele mesmo não saberia responder.

— Que mundo.

— Deus meu, não me deixe desenvolver esse tema. O bairro está cada vez pior. Não quero começar a falar nisso.

Ele fez um gesto com a cabeça e nós fomos para o salão da equipe. Homens à paisana e de uniforme estavam sentados diante de máquinas de escrever, laboriosamente produzindo histórias sobre supostos perpetradores e supostos meliantes. Uma mulher prestava depoimento em espanhol a um policial fardado, interrompendo-se para chorar, de vez em quando. Eu me perguntei o que ela haveria feito ou o que haviam feito com ela. Por ali, não vi ninguém que eu conhecesse.

Koehler disse: — Você ouviu falar de Barney Segal? Foi efetivado. Agora, ele é o chefe do décimo sétimo distrito.

— Ele é um bom sujeito.

— Um dos melhores. Há quanto tempo você deixou a polícia, Matt?

— Dois ou três anos, eu acho.

— É... Como vão Anita e as crianças? Estão bem?

— Tudo certo com elas.

— Então... você mantém contato...

— De tempos em tempos.

Quando a gente estava perto da portaria, ele parou e pigarreou: — Você já pensou em retomar o distintivo, Matt?

— De maneira alguma, Eddie.

— É uma pena, sabia?

— Às vezes a gente precisa fazer uma escolha.

— É... — Ele se recompôs e voltou ao assunto. — Combinei com Pankow e ele vai te esperar às nove da noite em um bar chamado Johnny Joyce. Fica na Segunda Avenida, mas esqueci de pegar o número.

— Sei onde é.

— Ele é conhecido por lá. Peça ao barman para te mostrar quem é. Como ele estará de folga hoje à noite, eu disse que você faria valer a viagem.

Falou também que na volta ele teria garantido algum para o tenente.

— Matt? — Eu me virei. — Que diabo você vai perguntar a ele?

— Quero saber que gênero de linguagem obscena Vanderpoel estava usando.

— Sério?

Confirmei com a cabeça.

— Acho que você está tão doido quanto Vanderpoel — ele disse. — Pelo preço de um chapéu, pode escutar todos os palavrões do mundo.

3

A rua Bethune vai da Hudson, na direção oeste, até o rio. É estreita e residencial. Recentemente, algumas árvores haviam sido plantadas. Suas raízes eram protegidas por grades baixas com placas penduradas implorando aos proprietários de cães que contivessem os instintos naturais de seus animais. NÓS AMAMOS NOSSAS ÁRVORES. POR FAVOR, CONTROLEM SEUS CÃES. O número 194 era uma *brownstone* restaurada, com a porta da frente pintada de verde-escuro, com cinco apartamentos distribuídos um por andar. A sexta campainha, no vestíbulo, era a do síndico. Toquei e esperei.

A mulher que abriu a porta tinha uns trinta e cinco anos. Vestia uma camisa masculina, branca, com os dois botões de cima abertos, e jeans manchado e desbotado. Tinha a constituição de um hidrante. Seus cabelos curtos pareciam ter sido desbastados por uma tosquiadeira mal amolada. No entanto, o conjunto não era desagradável. Ela ficou parada na soleira da porta, olhou para mim e, em cinco segundos, concluiu que eu era um tira. Dei meu nome e fiquei sabendo que o dela era Elizabeth Antonelli. Informei que precisava falar com ela.

— Sobre o quê?

— Sobre seu inquilino do terceiro andar.

— Merda. Achei que esse assunto estava morto e enterrado. Há séculos que eu espero que vocês venham destrancar a porta e sumam com as coisas deles que estão lá dentro. O dono quer que eu mostre o apartamento para as pessoas e eu não consigo nem entrar lá!

— Por quê? O local ainda está interditado?

— Vocês da polícia não se comunicam uns com os outros?

— Eu não sou da polícia. Sou investigador particular.

Os olhos dela mudaram de expressão. Agora que eu não era mais tira ela parecia gostar mais de mim, mas queria saber que aspecto do crime eu estava investigando. E tinha outra coisa: se eu não estava em missão oficial, isso significava que ela não precisava sentir-se obrigada a gastar seu tempo comigo.

Ela disse:

— Olhe aqui... Estou no meio de um trabalho. Sou artista, tenho meu trabalho a fazer.

— Você vai gastar menos tempo respondendo às minhas perguntas do que tentando se ver livre de mim.

Ela pensou um pouco, virou-se abruptamente e entrou no prédio.

— Aí fora está um gelo — comentou. — Entre, vamos conversar, mas nem pense em tomar muito o meu tempo, ouviu?

Eu a segui até o subsolo. Ela tinha um único quarto, grande, com os apetrechos de cozinha em um canto e uma cama de lona encostada na parede. Os canos e fios elétricos ficavam aparentes no teto. Foi fácil descobrir que a sua arte era a escultura, pois diversos exemplares da sua obra se espalhavam pelo ambiente. Um pano cobria a peça na qual ela trabalhava no momento. As outras eram abstratas. Havia nelas uma qualidade que impunha admiração, um peso e uma gravidade que sugeriam monstros marinhos.

— Não sei se posso ajudar porque não tenho muita coisa a dizer — ela adiantou. — Sou síndica porque isso me dá um desconto no condomínio. Também tenho algumas habilidades. Sei consertar uma porção de coisas e sou suficientemente dura para gritar com as pessoas quando elas atrasam o pagamento. Grande parte do tempo, eu me mantenho isolada. Não presto muita atenção ao que se passa no prédio.

— Você conhecia Vanderpoel e a senhorita Hanniford?

— De vista.

— Quando eles se mudaram para cá?

— Ela já morava aqui antes de eu chegar. Estou há dois anos no prédio. Suponho que ele tenha vindo pra cá há pouco mais de um ano. Acho que antes do Natal, se me recordo bem.

— Então eles não vieram juntos?

— Não. Antes, ela vivia com outra pessoa.

— Um homem?

— Uma mulher.

Ela não tinha nenhum registro, não sabia o nome da antiga companheira de apartamento de Wendy. Eu perguntei o que ela se lembrava da garota.

— Quase nada. Só presto atenção nas pessoas que causam problemas. O que não era o caso dela. A garota nunca deu festas barulhentas, nem ouvia música muito alta. Estive no apartamento poucas vezes. Numa delas, a válvula do aquecedor do quarto estava solta. Eles sentiam muito calor porque não conseguiam regulá-la. Então fiz a troca. Isso foi há uns dois meses.

— Eles conservavam o apartamento arrumado?

— Em perfeita ordem. O espaço era muito atraente. Eles pintaram os acabamentos e o lugar estava bem mobiliado. — Ela pensou por um momento: — Acho que foi ele o responsável pela decoração. Estive no apartamento antes e ele não me chamou tanta atenção. O cara era um artista.

— Você sabia que ela era prostituta?

— Ainda não estou sabendo. Eu leio uma porção de mentiras nos jornais.

— Você não acredita nisso?

— Não tenho opinião a respeito. Nunca tive queixa alguma dela. Mas, deixo claro de novo, ela poderia receber dez homens por dia aí em cima e eu não teria tomado conhecimento.

— Ela recebia visitas?

— Acabei de dizer. Eu não controlo esse tipo de coisa. As pessoas não têm que passar por mim para subir.

Perguntei quem mais vivia no prédio, que tinha cinco andares com apartamentos. Ela me deu o nome de cada morador e disse que eu poderia conversar com eles desde que estivessem dispostos a falar comigo. A única exceção era o casal do último andar. Eles estavam na Flórida e só voltariam em meados de março.

— Você já tem informações suficientes? — perguntou-me. — Se não se importa, preciso retomar o trabalho. — E flexionou os dedos demonstrando impaciência para voltar a mexer com a argila.

Disse que ela havia sido muito útil.

— Só falei o que sabia.

— Há mais uma coisa que você poderia me dizer.

— O quê?

— Você falou que não conhecia bem nenhum dos dois e eu já percebi que não se interessa muito pelos moradores aqui do prédio. Mas todo mundo, invariavelmente, faz uma idéia das pessoas que vê com freqüência durante um certo período de tempo. Você deve ter uma imagem dos dois, uma impressão que vá além do simples conhecimento factual. Provavelmente, isso deve ter mudado desde a semana passada, depois de tudo o que ouviu. Mas eu gostaria de saber qual era a sua opinião sobre os dois.

— E isso lhe serviria para quê?

— Para eu ficar sabendo como eles pareciam aos olhos de outros. E você é uma artista. Tem sensibilidade.

Por um momento, ela ficou roendo as unhas. Depois falou:

— É... Entendo o que você quer. Mas não consigo encontrar o que dizer.

— Você se surpreendeu quando ele a matou?

— Qualquer um se surpreenderia.

— Claro, porque mudou a maneira como você os conhecia. Como você os via?

— Apenas como inquilinos, pessoas comuns... Espere um pouco. Estou vendo... Algo não encaixava bem. Eu nunca havia juntado uma coisa com outra, mas sabe como eu os considerava? Como irmão e irmã.

— Irmão e irmã?

— Isso.

— Por quê?

Ela fechou os olhos, franziu a testa e disse: — Não sei exatamente a razão. Talvez por causa da maneira como se comportavam quando estavam juntos. Nada do que eles faziam, mas as vibrações que transmitiam, um sentimento que você captava quando estavam andando juntos. Um sentimento de como eles se relacionavam um com o outro.

Eu esperei.

— Uma outra coisa. Não dei muita bola ao assunto, quero dizer, nunca pensei sobre isso, mas eu tinha para mim que ele era gay.

— Por quê?

Ela levantou-se e andou até uma das suas criações, um monte de chapas convexas cinza-chumbo, mais alto e mais largo do que ela. Virou-me as costas e traçou uma área curva, com os seus dedos robustos.

— Suponho que por causa do tipo físico. Maneirismos. Ele era alto, esguio e tinha um certo jeito de falar. Você pode achar que eu não deveria pensar nesses termos. Com a aparência que tenho, o cabelo curto, trabalhando com as mãos e sendo habilidosa com material elétrico e mecânico, as pessoas imaginam que sou lésbica.

Ela virou-se, me olhou desafiadoramente e disse: — Eu não sou.

— E Wendy Hanniford era?

— Como iria saber?

— Você imaginou que Vanderpoel pudesse ser gay. Por que não faria uma suposição idêntica sobre ela?

— Ah, eu pensei... Não, estou segura de que ela não

era. Geralmente eu sei se uma mulher é gay pela maneira como ela se relaciona comigo. Não, eu imagino que ela era heterossexual.

— E você acha que ele não era?

— Isto mesmo. — Ela olhou para mim: — Você quer saber de uma coisa? Pra mim, ele era veado.

4

Jantei num restaurante italiano na avenida Greenwich e depois entrei em dois ou três bares antes de pegar um táxi e ir até o Johnny Joyce. Falei ao garçom que estava atrás do Lewis Pankow e ele apontou uma das cabines, nos fundos.

Eu teria conseguido encontrá-lo sem ninguém me ajudar. Era alto, esbelto e louro, com fisionomia franca e rosto escanhoado. Levantou-se quando me aproximei. Estava em trajes civis, um terno cinza xadrez que não podia ter custado muito caro, camisa azul-clara e gravata listrada. Falei que era o Scudder, ele disse que era o Pankow e me estendeu a mão, que apertei. Sentei-me diante dele e quando o garçom se apresentou pedi um bourbon duplo. Pankow ainda estava com uma cerveja pela metade diante de si.

Ele falou:

— O tenente comentou que você queria me ver. Suponho que seja a propósito do assassinato de Hanniford.

Concordei com a cabeça. — Você fez uma prisão e tanto.

— Tive sorte. Estava no lugar certo na hora exata.

— Isso vai ganhar destaque na sua folha de serviço.

Ele enrubesceu.

— Talvez receba uma menção de louvor por causa disso.

Suas feições ficaram ainda mais vermelhas. Eu me perguntava quantos anos ele teria. Pela aparência não passava dos vinte e dois. Pensei no relatório e imaginei que ele teria chance de ser promovido a detetive de terceira classe dentro de um ano.

Fui em frente: — Li seu relatório. Estava cheio de detalhes, mas parece que você não encontrou espaço para algumas coisas. Quando chegou ao local, por exemplo, Vanderpoel estava parado a duas quadras do prédio onde se deu o crime. Bem... o que ele estava fazendo exatamente? Dançando? Correndo?

— Ele quase não saía do lugar. Porém não parava de girar. Como se possuísse uma energia que precisasse exaurir. Como alguém que tem as mãos trêmulas depois de beber muito café. Todo o corpo estava assim.

— Você disse que a roupa dele estava desalinhada. Desalinhada como?

— Camisa para fora da calça. Cinto afivelado, mas calça desabotoada e zíper aberto. Ele estava com tudo para fora.

— O quê, o pênis?

— É, o pênis.

— Ele estava se mostrando intencionalmente?

— Bom... estava tudo para fora. Ele devia saber.

— Mas ele não estava se acariciando nem fazendo movimentos com os quadris nem nada disso?

— Não.

— Estava com uma ereção?

— Não reparei.

— Você viu o pau do cara e não percebeu se estava duro ou não?

Ele enrubesceu novamente.

— Não, ele não estava com uma ereção.

O garçom trouxe minha bebida. Peguei o copo, examinei-o por dentro e falei:

— Você afirmou que ele estava dizendo obscenidades.

— Gritando obscenidades. Ouvi os gritos dele antes mesmo de virar a esquina.

— E o que ele estava dizendo?

— Você sabe.

Aquele se envergonhava à toa. Fiz força para não ser grosseiro com ele. Insisti: — Que palavras ele usou?

— Prefiro não falar.

— Faça um esforço.

Ele perguntou se era importante e eu disse que talvez. Aí ele se inclinou para mim e baixou a voz: — Filho-da-puta — disse.

— Ele ficou berrando filho-da-puta?

— Não exatamente.

— Quero saber o que ele disse.

— Está bem, vou dizer. Ele ficava gritando "Eu sou um filho-da-puta, eu sou um filho-da-puta, eu fodi com a minha mãe". Ele não parava de repetir isso.

— Ele falava que era um filho-da-puta e que tinha fodido com a mãe dele...

— Isso mesmo que você entendeu.

— E o que você pensou?

— Pra mim, ele estava doido.

— Você chegou a imaginar que ele teria matado alguém?

— Ah... Não, a primeira coisa que me veio à cabeça foi que ele estava ferido. Estava coberto de sangue.

— As mãos também?

— Coberto de sangue. Mãos, camisa, calça, rosto, tudo coberto de sangue. Achei que ele tinha se cortado, mas depois percebi que estava bem e que o sangue devia ser de outra pessoa.

— Como você podia saber?

— Sei lá, sabia e pronto. Ele estava bem, o sangue não era dele, então tinha de ser de outra pessoa.

Ergueu o copo e esvaziou-o de um só gole. Fiz um sinal para o garçom e pedi outra cerveja para Pankow e um café para mim. Ficamos ali sentados olhando para a mesa até o garçom trazer as bebidas. Pankow estava evocando coisas que nos últimos dias fizera força para esquecer — e não estava gostando muito do que fazia.

Eu disse:

— Quer dizer que você estava imaginando que ia encontrar um cadáver no apartamento?

— É... eu sabia que ia encontrar.

— E quem você achava que ia ser?

— Porra, pra mim era a mãe dele. Pelo que ele estava dizendo, filho-da-puta, fodi com a minha mãe, achei que ele tinha pirado ou coisa assim e que tinha matado a mãe. Inclusive, quando entrei no apartamento achei que a mulher era a mãe dele, entende, porque no começo não dava para saber a idade dela nem nada. Era só uma mulher nua, com sangue por todo lado. Lençóis ensopados, cobertor, todo aquele sangue tão escuro...

O rosto dele era de um branco meio esverdeado. Falei:

— Calma, Lew.

— Estou bem.

— Eu sei que você está. Mesmo assim, incline a cabeça até os joelhos. Vamos, recue a cadeira e incline a cabeça. Você está bem.

— É, eu sei.

Achei que ele ia desmaiar, mas se controlou. Ficou com a cabeça abaixada por um ou dois minutos, depois voltou a erguer o tronco. O rosto não estava mais descorado. Ele respirou profundamente uma ou duas vezes e sorveu um longo gole de cerveja, depois disse:

— Meu Deus!

— Agora você está bem.

— Certo. Quando vi ela ali deitada, fiquei com ânsia de vômito. Já vi gente morta antes. Meu velho teve um ataque cardíaco no meio do sono e fui eu a pessoa que entrou no quarto e deu com ele. Depois que entrei para a polícia, você sabe... Mas eu nunca havia visto nada igual antes e fiquei com ânsia de vômito e lá estava eu algemado àquele imbecil e ele sempre com o pau de fora. Arrastei o desgraçado para o canto e vomitei ali mesmo, vomitei e pronto e logo depois tive um acesso de riso. Não conseguia parar, fiquei ali rindo feito um idiota com aquele sujeito algemado em mim, e aí, juro por Deus, o cara parou com a gritaria e me perguntou: "Qual é a graça?". Você acredita? Como se quisesse que eu explicasse a piada para ele rir também. "Qual é a graça?"

Derramei o resto do bourbon no café e mexi o conteúdo da xícara com a colher. Estava montando um quebra-cabeça chamado Richard Vanderpoel. Por enquanto as peças não combinavam, mas eram fragmentos do que poderia vir a ser uma imagem completa. Também era possível que eles nunca levassem a coisa alguma. Às vezes o todo é bem menor do que a soma das partes.

Passei uns vinte minutos mais com Pankow, indo e vindo pelos mesmos detalhes, sem conseguir tirar grande coisa dele. Ele falou um pouco de suas reações diante da cena do crime, da náusea, da histeria. Queria saber se algum dia a pessoa se acostuma com esse tipo de coisa. Lembrei da fotografia que retirara do arquivo. Aquilo não tinha me impressionado muito. Mas se eu tivesse entrado naquele quarto como Pankow havia feito, talvez tivesse reagido do mesmo jeito.

— Se acostuma com uma parte da história — expliquei —, mas de vez em quando aparece uma coisa nova e você cai de bunda no chão.

Quando vi que a conversa não ia avançar mais, larguei uma nota de cinco dólares na mesa para pagar as bebidas e entreguei vinte e cinco dólares a ele. Pankow não queria pegar.

— O que é isso? — insisti. — Você me fez um favor.

— Foi tudo o que fiz: um favor. Me constrange aceitar dinheiro por isso.

— Bobagem sua.

— O quê? — Os olhos azuis estavam muito arregalados.

— Bobagem. Não é suborno. É dinheiro limpo. Você faz um favor a alguém e ganha uns trocados por isso. — Empurrei o dinheiro na direção dele. — Ouça — argumentei —, você simplesmente fez uma boa prisão. Escreveu um relatório decente, saiu-se muito bem. Daqui a pouco vai estar na fila para trocar as rondas a pé pelo trabalho na radiopatrulha. Mas ninguém vai querer você como companheiro na viatura se sua reputação for duvidosa.

— Não estou entendendo.

— Pense um pouco. Se não pegar o dinheiro que alguém lhe oferece, vai deixar um bocado de gente nervosa. Não que você deva ser um pilantra. Tem alguns tipos de dinheiro que dá para recusar e você não precisa andar pela rua com a mão estendida. Mas você precisa entrar no jogo com as cartas que lhe derem. Vamos, pegue a grana.

— Meu Deus!

— Koehler não lhe disse que haveria alguma coisa para você?

— Claro. Mas não foi por isso que eu vim aqui. Que diabo... eu costumo passar por aqui para tomar uma cerveja no fim do meu turno. Costumo encontrar minha garota aqui às dez e meia, mais ou menos. Não é como...

— Koehler vai estar na expectativa de receber cinco dólares pelos vinte e cinco que pôs no seu caminho. Você não vai querer tirar esse dinheiro do seu próprio bolso, não é mesmo?

— Deus do céu! Como é que eu faço? Simplesmente entro na sala dele e entrego a ele uma nota de cinco dólares?

— A idéia é essa. Você pode dizer algo como: "Aqui estão os cinco dólares que você me emprestou". Algo assim.

— Pelo visto tenho muito que aprender — desabafou. E não parecia muito entusiasmado com a perspectiva.

— Você não precisa se preocupar com isso — falei. — Você tem muito que aprender, mas eles vão lhe facilitar a tarefa. O sistema vai ensinando você. Passo a passo. Por isso o sistema é tão bom.

Ele insistiu em me pagar um drinque com o dinheiro da sua nova fortuna. Fiquei ali sentado ouvindo o que significava para ele ser um policial. Concordava nos momentos certos, sem prestar muita atenção para o que estava sendo dito, pois não conseguia me fixar nas suas palavras.

Saí dali e cruzei a cidade pela rua 57 até o meu hotel. A primeira edição do *Times* já estava na banca da Oitava Avenida. Comprei um exemplar e levei para casa comigo.

Não havia recados para mim na portaria. Subi para o quarto, tirei os sapatos e me estiquei na cama. O jornal atraiu mais a minha atenção do que a conversa de Lewis Pankow.

Despi-me. Quando tirava a camisa, a foto do cadáver de Wendy Hanniford caiu. Enquanto a pegava do chão, me imaginei no lugar de Pankow, chegando ao local do crime com o assassino algemado no meu pulso. Depois, me vi arrastando-o pelo quarto para que eu pudesse vomitar, e, então, rindo nervosamente até que Richard Vanderpoel me perguntasse — muito sensatamente — o que havia de tão engraçado.

— *Qual é a graça?*

Tomei um banho e me vesti novamente. Tinha nevado muito durante o dia e agora a neve começava a acumular. Andei até a esquina para chegar ao Armstrong's e me instalei em uma banqueta, no bar.

Eles viviam juntos, como irmão e irmã. Ele a matou e gritava escandalosamente que havia fodido a mãe, correndo pelas ruas, todo sujo de sangue.

Eu conhecia poucos fatos e o que sabia ainda não se encaixava.

Bebi um pouco mais e evitei algumas conversas. Procurei por Trina, mas ela havia saído após o seu turno. Deixei que o barman me explicasse o que estava acontecendo com o Knicks este ano. Não me lembro bem do seu comentário, apenas registrei que tinha opiniões enfáticas sobre o assunto.

5

Gordon Kalish tinha um relógio de pêndulo na parede, como aqueles que existiam nas estações de trem. Ficava olhando para ele e conferindo o seu próprio relógio de pulso. No começo, pensei que quisesse me revelar alguma coisa. Mais tarde, me dei conta de que aquela reação era um simples hábito. Quem sabe tenha ouvido de alguém que o tempo era valioso. Daí, inconscientemente, incorporou a recomendação. Ele era um dos sócios da Administradora de Imóveis Bowdoin. Cheguei ao escritório da empresa, no Edifício Flatiron, um pouco depois das dez e esperei alguns minutos, até que Kalish pudesse me atender. Ele tinha papéis e livros contábeis espalhados pela mesa e se desculpava por não poder ser tão útil.

— Alugamos o apartamento diretamente à senhorita Hanniford — ele esclareceu. — Pode ser que ela o dividisse com alguém desde o começo. Se era o caso, não fomos informados. Oficialmente, a inquilina era ela, que até podia estar vivendo com um homem ou uma mulher. A gente não sabia nem se preocupava com isso.

— Ela dividia o apartamento com uma mulher, quando a senhora Antonelli passou a ser síndica. Eu gostaria de contatá-la.

— Infelizmente, não tenho meios de saber quem era. Ou quando ela entrou e saiu. Desde que a senhorita Hanniford pagasse o aluguel todo primeiro dia do mês e não me causasse problema, não havia razão para me meter em sua vida. — Ele coçou a cabeça. — Se havia uma outra mulher, quando ela foi embora, os Correios não teriam anotado o seu novo endereço?

— Preciso do nome dela para conseguir essa informação.

— Ah... claro. — Seus olhos foram do relógio na parede para o de pulso e novamente parou em mim. — Quando o meu pai ingressou neste negócio, era muito diferente. Administrava tudo de uma maneira mais pessoal. Ele começou a trabalhar como encanador. Fez economia e foi acumulando propriedades, um prédio de cada vez. Ele mesmo consertava tudo. E empregava o que ganhava na compra de outro imóvel. Na sua época, dava para conhecer todos os inquilinos. Ele recebia o aluguel pessoalmente, no primeiro dia do mês ou na data combinada. Às vezes, esperava meses para acertar com aqueles que estavam atravessando uma fase difícil. Em outros casos, botava no olho da rua, quando o atraso ultrapassava cinco dias. Ele sempre dizia que a gente precisava aprender a julgar as pessoas.

— Deve ter sido um homem muito interessante.

— Ainda é. Agora está aposentado, naturalmente. Vive na Flórida há uns cinco ou seis anos. Colhe, ele mesmo, as suas laranjas. E ainda faz questão de pagar a mensalidade ao sindicato dos encanadores. — Esfregou as duas mãos. — Hoje em dia, o negócio é inteiramente diferente. Nós vendemos quase todos os prédios que ele comprou. Ser proprietário tornou-se uma dor de cabeça. Dá menos trabalho administrar a propriedade dos outros. Esse prédio, onde a senhorita Hanniford vivia, na rua Bethune 194, pertence a uma dona de casa de um subúrbio de Chicago que o herdou de um tio. Ela nunca o viu. Apenas recebe um cheque nosso, quatro vezes por ano.

Continuei com as perguntas. — A senhorita Hanniford era uma inquilina-modelo?

— O que posso dizer é que ela não chamava a atenção sobre si. Os jornais divulgaram que era uma prostituta. Se foi, era discreta, pois nunca recebemos reclamações.

— Você nunca a encontrou?

— Não.

— Ela era sempre pontual com o aluguel?

— Às vezes atrasava uma semana, como a maioria das pessoas. Não mais do que isso.

— Ela pagava com cheque?

— Sim.

— Quando ela assinou o contrato de locação?

— É só a gente conferir. Aqui está ele... 23 de outubro de 1970. Contrato-padrão de dois anos, renovável automaticamente.

— O aluguel mensal era de quatrocentos dólares?

— O valor atual é de trezentos e oitenta e cinco. Na época, era um pouco mais baixo. Depois vieram os reajustes de lei. Quando ela assinou o contrato, o aluguel era de trezentos e quarenta e dois e cinqüenta.

— Imagino que você peça comprovante de renda antes de fechar o negócio.

— Claro, isso é uma rotina.

— Então ela deve ter declarado que trabalhava. Provavelmente, deu referências.

— Como não pensei nisto? — ele suspirou. E ficou remexendo em alguns papéis até encontrar um formulário preenchido por ela. Examinei-os. Ela declarara ser analista de sistemas industriais, com um salário anual de dezessete mil dólares. Seu empregador era a Companhia J. J. Cottrell. Na ficha havia um número de telefone, que eu anotei.

Perguntei se as referências foram verificadas.

— Acredito que sim — respondeu Kalish. — Mas isso não é garantia de que a informação é verdadeira. Ela só precisaria ter alguém nesse número de telefone que sustentasse a sua versão. A gente faz a checagem de uma maneira tão automática que às vezes até me pergunto se vale a pena se dar a esse trabalho.

— Pelo que você diz, alguém deve ter ligado para esse número; e lá teve a confirmação da história.

— É o que costuma acontecer.

Sem mais nada a fazer ali, agradeci pelo tempo dispensado. No saguão, coloquei dez centavos em um telefone público e disquei para Wendy. Uma gravação me informou que aquele número não estava mais em serviço.

Pus outros dez centavos novamente no aparelho e chamei o Carlyle. Pedi à recepção o quarto de Cale Hanniford. Na segunda chamada, uma mulher atendeu ao telefone. Dei o meu nome e pedi para falar com o senhor Hanniford. Ele quis saber se eu estava tendo algum progresso.

— Não sei — respondi. — Aqueles cartões-postais que recebeu de Wendy... Você tem ainda?

— É possível. Por quê, são importantes?

— Ajudaria a deixar a cronologia em ordem. Ela assinou o contrato de aluguel há três anos, em outubro. Quando ela abandonou a universidade ?

— Acredito que em março.

— E quando chegou o primeiro cartão-postal?

— Dois ou três meses depois, pelo que eu me lembro. Um instante. Vou checar com a minha mulher. — Ele voltou logo a seguir. — Ela diz que o primeiro cartão chegou em junho. Eu teria dito que foi no fim de maio. O segundo cartão, o da Flórida, foi alguns meses depois. Sinto, mas não consigo ser mais preciso do que isso. Minha mulher acha que lembra onde guardou os cartões. A gente vai para Utica amanhã de manhã. Imagino que você queira saber se Wendy foi para a Flórida antes ou depois de ter alugado o apartamento.

Confirmei que era essa minha intenção. Por isso, ligaria para ele dentro de um ou dois dias. Como já tinha o número do seu escritório, ele me passou o telefone da sua casa, mas pediu:

— De preferência, tente falar comigo no escritório, por favor.

A Burghash — Importação de Antigüidades ficava na Praça da Universidade, entre as ruas 11 e 12. Eu me detive em uma das galerias, que destacava objetos raros da

Europa Ocidental. Depois, descobri um relógio igualzinho ao que havia visto na parede de Gordon Kalish:

— Está interessado em relógios? Este é muito bom.

— E funciona?

— Ah... os relógios de pêndulo são indestrutíveis. E extraordinariamente pontuais. Só é preciso levantar ou abaixar o peso para que eles andem mais rápido ou devagar. Este que atraiu sua atenção não é um modelo tão valioso, mas é difícil encontrá-lo, assim, tão bem conservado. O preço pode ser negociado, se realmente te interessar.

Eu me virei para examiná-lo melhor. Era um rapaz de uns vinte e cinco anos, ou um pouco mais, jovem e arrumado. Vestia uma calça de flanela e um suéter azul-claro. Seu cabelo exibia um corte recente, as costeletas estavam na altura do lóbulo da orelha e o bigode parecia aparado com precisão.

Logo esclareci:

— Na verdade, não estou interessado em relógios. Queria conversar com alguém sobre um rapaz que trabalhava aqui.

— Deve estar se referindo a Richie! Você é um policial? Não dá para acreditar no que aconteceu.

— Você o conhecia bem?

— Na verdade, não. Comecei aqui perto do Dia de Ação de Graças. Antes, eu trabalhava na galeria de leilões, neste mesmo quarteirão.

— Quanto tempo Richie trabalhou por aqui?

— Não sei dizer. Talvez o senhor Burghash possa ajudá-lo. Ele está lá atrás, no escritório. Eu ainda não acredito que tudo isso seja verdade.

— Você estava trabalhando aqui, no dia do crime?

Ele concordou com a cabeça. — Eu o vi naquela manhã de quinta-feira. Depois, passei a tarde toda na entrega de uma mobília horrorosa, de estilo rústico francês, que foi para um castelo em ruínas, igualmente pavoroso, em Syosset, que fica em Long Island.

— Eu sei.

— Bem, eu *não* sabia. Vivi todos esses anos na santa ignorância de que existisse, mesmo, um lugar denominado Syosset. — Ele se deu conta da gravidade do que estava dizendo e o seu rosto ficou novamente sério. — Voltei para cá às cinco horas, em tempo de ajudar a fechar a loja. Richie havia saído mais cedo. Imagino que, àquela altura, tudo já tinha acontecido, não é?

— O crime se deu às quatro horas.

— Enquanto eu enfrentava o trânsito da Via Expressa de Long Island. — Ele simulou um gesto de calafrio. — Só fui saber da tragédia à noite, no noticiário das onze. E não podia acreditar que fosse o nosso Richard Vanderpoel, mas eles mencionaram o nome da firma e... — Deu um suspiro, deixou cair os braços e concluiu. — Nunca se sabe.

— Como era ele?

— Como já falei, não posso dizer que o conhecia. Ele me parecia simpático, cortês e ansioso por agradar. Não tinha um grande conhecimento de antigüidades, mas uma boa intuição, entende?

— Você sabia que ele vivia com uma garota?

— Como poderia saber?

— Talvez ele tivesse mencionado em alguma conversa.

— Ele não fez isso. Por quê?

— Você ficou surpreso quando descobriu que ele morava com uma mulher?

— Nunca pensei nesse assunto.

— Ele era homossexual?

— Você faz cada pergunta...

Dei um passo na sua direção. Ele recuou com o corpo, sem mover os pés. Fui direto.

— Richie era gay?

— Eu não estava interessado nele. Com certeza. Nunca o vi com outro homem e nunca me pareceu que ele estivesse paquerando alguém.

— Você acha que ele era gay?

— Não dava para ter dúvida. Ele *parecia* gay.

* * *

Encontrei Burghash no escritório. Era um homenzinho com sobrancelhas tão espessas que quase alcançavam o topo da cabeça. Tinha bigodes malcuidados e uma barba de dois dias por fazer. Não escondeu que já estava cheio da polícia, dos jornalistas e que tinha uma loja para administrar. Adiantei que não tomaria muito do seu tempo.

— Tenho umas poucas questões — informei. — Voltemos à quinta-feira, o dia do assassinato. Richie se comportou de maneira diferente?

— Na verdade, não.

— Ele estava agitado ou algo assim?

— Não.

— Ele foi para casa mais cedo?

— É verdade. Ele não se sentia bem quando voltou do almoço. Parece que o molho curry de um restaurante indiano lhe caiu mal. Eu vivia sugerindo que ele comesse algo leve, mais natural. O seu aparelho digestivo era muito sensível e ele adorava experimentar pratos exóticos que não combinavam com ele.

— A que horas ele saiu daqui?

— Não prestei atenção. Como ele já estava passando mal quando chegou do almoço, disse que poderia tirar o resto do dia de folga. Não dá para trabalhar com o estômago queimando. Ele quis resistir. Era um garoto ambicioso e muito batalhador. Às vezes tinha indigestões como aquela e uma hora depois já se sentia melhor. Mas naquele dia, a coisa piorou. E eu o convenci a ir embora. Deve ter saído daqui... hã... não sei. Três? Três e meia? Algo assim.

— Há quanto tempo ele trabalhava com você?

— Há um ano e meio. Ele começou aqui em julho.

— Ele foi morar com a Wendy Hanniford no mês de dezembro seguinte. Você tinha o endereço anterior dele?

— Associação Cristã de Moços da rua 33. Era lá que ele morava quando veio trabalhar para mim. Depois, se mudou algumas vezes. Não tenho os outros endereços. Até que em dezembro, acho, ele foi morar na rua Bethune.

— Você sabia alguma coisa sobre Wendy Hanniford?

Ele balançou a cabeça. — Nunca a encontrei. Nem sabia o nome dela.

— Mas não era segredo que ele dividia o apartamento com uma garota?

— Isso ele contou.

— E?

Burghash deu de ombros. — Ele não escondia que vivia com alguém. Queria me fazer crer que se tratava de uma garota, e eu estava disposto a me deixar levar.

— Você suspeitava que ele era homossexual?

— Hã-hã. Isso é comum neste ramo. Eu não pergunto os interesses sexuais dos meus funcionários, nem quero saber com quem eles vão para a cama. O que fazem com o tempo livre não é da minha conta.

— Ele tinha algum amigo que você conhecia?

— Não, que eu saiba. Na maior parte do tempo ele era muito reservado.

— E era um bom empregado.

— Excelente. Muito consciencioso e tinha jeito para o negócio. — Ele olhou para o teto. — Tenho a impressão de que ele enfrentava problemas pessoais. Mas nunca se abriu. Ele era — como eu diria? — muito tenso.

— Nervoso? Suscetível?

— Não, não exatamente. Tenso é o melhor adjetivo que eu encontro para descrevê-lo. Acho que havia algo que o oprimia e o deixava alerta. Isso era mais evidente logo que ele chegou por aqui... No correr do último ano, ele parecia mais equilibrado, como se estivesse em paz consigo mesmo.

— No ano passado... Coincide com o período que ele passou a morar com Hanniford.

— Eu não tinha ligado os fatos. Espero que tenha razão.

— Você se surpreendeu, quando ele a matou?

— Fiquei chocado. Simplesmente não pude acreditar. E ainda estou assim. Você convive com alguém cinco dias por semana durante um ano e meio e pensa que o conhece. Então se dá conta de que não sabe nada sobre ele.

Quando saía, o rapaz de suéter azul-claro me parou. Perguntou se eu havia descoberto algo importante. Respondi que não sabia.

— Mas está tudo terminado, não é verdade? Ambos estão mortos.

— Sim.

— Então... qual a razão de ficar investigando esse assunto?

— Não tenho a menor idéia — eu disse. — Por que você acha que ele estava vivendo com ela?

— Por que alguém divide um apartamento?

— Vamos assumir que ele era gay. Por que iria viver com uma mulher?

— Talvez estivesse cansado de varrer e limpar. Enjoado de lavar roupa suja.

— Eu não sei se ela seria essa doméstica. Parece mais provável que fosse uma prostituta.

— Então eu entendo.

— Por que um homossexual viveria com uma prostituta?

— Sei lá. Talvez ela deixasse o excedente para ele. Talvez ele fosse um heterossexual enrustido. No meu caso, nunca viveria com alguém, fosse homem *ou* mulher. Já tenho problemas suficientes morando sozinho.

Não dava para argumentar contra isso. Andei em direção à porta e depois me voltei para trás. Muitas coisas além de não se encaixarem, criavam atritos umas nas outras, como um pedaço de giz no quadro-negro.

— Quero apenas entender tudo isso — falei tanto para mim mesmo quanto para ele. — Por que diabo ele a mataria? Ele a estuprou e a matou. Por quê?

— Bem... ele era filho de um pastor.

— E daí?

— Todos eles são loucos — disparou. — Não são?

6

O reverendo Vanderpoel não queria me ver. — Já falei o suficiente com os repórteres — ele justificou. — Não tenho tempo a perder, senhor Scudder. São muitas as responsabilidades para com a minha congregação. E o pouco tempo que sobra, reservo para rezar e meditar.

Eu conhecia aquele estado de espírito. Expliquei que não era um repórter e estava representando Cole Hanniford, o pai da garota assassinada.

— Entendo — ele lamentou.

— Não preciso muito do seu tempo, reverendo. O senhor Hanniford sofreu uma perda enorme, assim como o senhor. Em certo sentido, ele havia perdido uma filha, antes de ela ser assassinada. Agora, deseja mais informações sobre ela.

— Não sou a fonte mais indicada.

— Ele me disse que queria procurá-lo.

Fez-se uma longa pausa. Por um momento, pensei que o telefone estivesse mudo. E então, ele disse:

— Com esse argumento você me convenceu. Hoje à tarde estarei ocupado com assuntos da igreja, mas talvez à noite...

— Para mim, está ótimo.

— O senhor tem o endereço da igreja? A casa paroquial fica ao lado. Estarei esperando pelo senhor, digamos... às oito horas.

Eu disse que estaria lá no horário. Peguei uma nova moeda, consultei as anotações e fiz outra ligação. Dessa vez, o homem que atendeu era menos reticente a falar sobre Richard Vanderpoel. Na verdade, ele dava a impressão de estar aliviado por eu ter telefonado e me convidou a ir vê-lo imediatamente.

Seu nome era George Topakian. Ele e o irmão constituíam a Topakian & Topakian, escritório de advocacia localizado na avenida Madison, perto da rua 40. Diplomas emoldurados nas paredes atestavam que se graduara no City College vinte e dois anos antes e depois cursara direito na Fordham Law.

Ele era baixo, moreno e alinhado. Ofereceu uma cadeira de couro vermelho para eu sentar e perguntou se aceitava um café. Disse que sim. Ele tocou a campainha e fez o pedido à secretária. Enquanto ela nos servia, contou que o seu escritório atendia casos de advocacia geral mas era especializado em questões imobiliárias. Nos únicos casos criminais que tratara, fora nomeado pelo tribunal. A maioria deles envolvia pequenos delitos — roubos de bolsa, agressões leves, posse de drogas — até o dia em que o tribunal o escolheu como advogado de Richard Vanderpoel.

— Eu esperava ser dispensado do caso — ele confessou. — O pai dele era um pastor e certamente pediria a minha substituição por um advogado criminalista. Mesmo assim fui ver Vanderpoel.

— Quando isso aconteceu?

— No fim da tarde de sexta-feira. — Ele coçou o lado do nariz com o indicador. — Acho que poderia ter chegado antes até ele.

— Mas não chegou?

— Não, eu não me esforcei. — Olhou-me diretamente nos olhos. — Como esperava ser substituído — argumentou —, quis economizar o tempo de ir vê-lo. Na verdade, não era só o meu tempo que estava em jogo.

— O que está querendo dizer?

— Eu não fazia a mínima questão de ver o filho-da-puta.

Ele saiu de trás da escrivaninha e caminhou até a janela. Ficou brincando com as cordas da persiana, levantando e abaixando os fios. Esperei que retomasse o assunto. Ele suspirou e voltou a me encarar.

— Ali estava um camarada que havia cometido um crime horrível, cortando uma jovem até a morte. Eu não queria pôr os olhos nele. Você acha difícil acreditar nisso?

— De maneira alguma.

— Aquilo me incomodava. Eu sou um advogado e meu dever é representar as pessoas, independentemente do que elas tenham feito. Eu deveria ter entrado de cabeça no caso e achado a melhor defesa para ele. Certamente, não me cabia julgar meu cliente culpado, antes mesmo de conversar com ele.

Ele voltou à sua escrivaninha e sentou-se. — Mas, infelizmente, não agi assim. A polícia o prendeu perto da cena do crime. Eu poderia ter contestado a versão inicial, se tivesse abraçado a causa. Mas na minha consciência, eu já tinha julgado e condenado o filho-da-mãe pelo crime do qual fora acusado. Como a minha expectativa era estar fora do caso, encontrei os meios para evitar Vanderpoel.

— Mas você disse que esteve lá naquela tarde de sexta-feira.

— Hã-hã. Ele estava na sua cela, na Central de Polícia.

— Quer dizer que você o viu na própria cela.

— Sim. E não prestei muita atenção ao ambiente em torno. Até que enfim eles demoliram a Casa de Detenção Feminina. Anos atrás, quando minha mulher e eu morávamos no Village, a gente costumava passar em frente do prédio. É um lugar horrível.

— Eu sei.

— Espero que façam a mesma coisa com a Central. — Ele voltou a coçar o lado do nariz. — Suponho que eu devo ter visto o cano do aquecedor onde o pobre-diabo se enforcou; e até os lençóis que usou para executar a tarefa. Ele ficou sentado na cama enquanto conversávamos. Deixou a cadeira para mim.

— Quanto tempo você ficou com ele?

— Acredito que não mais de meia hora. Mas parecia uma eternidade.

— Ele falou?

— No começo, não. Estava perdido, em algum lugar, imerso nos seus pensamentos. Tentei entrar em contato com ele, mas não tive muita sorte. Mantinha uma expressão nos olhos como se estivesse entretendo um diálogo mudo, intenso, consigo mesmo. Fiz de tudo para que falasse comigo. Precisava descobrir a linha de defesa, embora não acreditasse que teria essa oportunidade. Eu praticava um exercício hipotético. Afinal, precisava ter claro se alegaria a insanidade do réu.

— Parece que todo mundo concorda que ele era doido.

— Há uma diferença entre isso e uma alegação de insanidade no tribunal. Ali, o caso se transforma em uma batalha entre especialistas — você alinha as suas testemunhas e a promotoria, as delas. Bem... eu fui falando com ele, tentando interessá-lo um pouco; e então ele se voltou e olhou para mim, como se só tivesse me notado naquele momento. Perguntou quem eu era, e repeti tudo o que dissera, desde o começo.

— Ele parecia racional?

Topakian considerou a questão.

— Não sei se ele parecia ser racional. Naquele momento, demonstrava lucidez.

— O que ele disse?

— Gostaria de lembrar exatamente. Perguntei-lhe se havia matado a Wendy. Ele respondeu — deixe-me pensar — algo assim: "Ela mesma pode ter feito isso".

— "Ela mesma pode ter feito isso."

— Acho que foi essa sua resposta. Quis saber se ele tinha algum registro de tê-la matado. Afirmou-me que não. Disse que o seu estômago doía, e, a princípio, pensei que se referisse a uma dor naquele momento da nossa conversa. Só mais tarde me dei conta de sua dor de estômago no dia do assassinato.

— Ele realmente deixou o trabalho mais cedo porque não estava bem.

— Enfim... ele se recordava da dor de estômago. Disse que voltou para o apartamento por causa da bendita dor. Depois ficou falando de sangue: "Ela estava na banheira e havia sangue por toda parte". Pelo que eu sei, ela foi encontrada na cama.

— Isso mesmo.

— Não há informação de que ela havia estado na banheira, ou algo assim?

— De acordo com os relatórios da polícia, ela foi morta na cama.

Ele balançou a cabeça. — Ele era um rapaz muito confuso. Só falava que ela estava na banheira e que havia sangue por toda parte. Perguntei-lhe se ele a matara. Repeti a pergunta várias vezes e ele nunca me deu uma mesma resposta. Em alguns momentos, falava que não se lembrava de tê-la matado. Noutros, dizia que poderia ter cometido a loucura, porque, sozinha, ela seria incapaz de tal ato.

— Então... ele disse isso mais de uma vez.

— Inúmeras. Nem deu para contar.

— Interessante.

— É? — Topakian deu de ombros. — Eu acho que ele nunca mentiu para mim. Quer dizer... eu não acredito que ele se lembrava de ter matado a moça. Porque ele admitiu algo... hum... pior.

— O quê?

— Ter tido sexo com ela.

— Isso é pior do que assassiná-la?

— Ter tido sexo com ela, depois.

— Ah!

— Ele não tentou esconder isso, de maneira alguma. Disse que a encontrou deitada, coberta de sangue, e que fizeram sexo.

— Quais foram as palavras que ele usou?

— Não lembro exatamente. Você quer dizer, para o ato sexual? Ele disse que tinha fodido com ela.

— Depois que ela morreu?

— Evidentemente.

— E ele não teve nenhum problema em lembrar isso?

— Nenhum. Mas agora estou pensando se ele fez sexo com ela, antes ou depois do assassinato. A autópsia esclareceu algo nesse sentido?

— Se esclareceu, não estava no relatório. Eu não estou seguro se eles podem diferenciar quando os dois atos estão muito próximos um do outro. Por quê?

— Não sei. Ele ficava dizendo: "Eu fodi com ela e ela está morta". Como se a relação sexual fosse a causa principal da sua morte.

— Mas ele nunca se lembrou de tê-la matado. Suponho que ele possa ter facilmente bloqueado isso. Só me pergunto por que ele não bloqueou o episódio inteiro. O ato sexual. Deixe-me repassar isso mais uma vez. Ele disse que entrou no apartamento e encontrou-a como?

— Eu mesmo não consigo me lembrar de tudo claramente, Scudder. Ele entrou e ela estava morta na banheira, foi o que disse. Ele nem falou especificamente se ela estava morta, apenas que estava em uma banheira cheia de sangue.

— Você perguntou sobre a arma do crime?

— Perguntei o que ele havia feito com ela.

— E?

— Ele não sabia.

— Você perguntou que tipo de arma ele usou?

— Nem precisei. Ele logo disse: "Eu não sei o que aconteceu com a navalha".

— Então tinha certeza de que era uma navalha?

— Por que está achando estranho?

— Bem... se ele não se lembrava do que tinha na mão, por que deveria saber qual era o tipo de arma?

— Talvez ele tenha ouvido alguém falar que a arma do crime tinha sido uma navalha.

— Talvez — eu disse.

Por um tempo, andei na direção sul e oeste. Parei para um drinque, na Sexta Avenida, perto da rua 37. Um homem, sentado a duas banquetas de mim, dizia ao barman que estava cansado de trabalhar para que os negros que recebiam seguro-desemprego pudessem comprar Cadillacs. O barman rebateu. — Você?

— Pelo amor de Deus, você fica aqui oito horas por dia. Com os impostos que paga, eles não poderiam comprar nem uma porca de parafuso.

Continuei a caminhada até chegar à igreja. Entrei por um momento. Acho que era a St. John's. Sentei bem na frente e fiquei olhando as pessoas entrando e saindo do confessionário. Elas não pareciam diferentes quando saíam. Pensei em como seria agradável poder deixar os pecados em uma cabine, coberta por uma cortina.

Richie Vanderpoel e Wendy Hanniford. Eu continuava juntando os pedaços da história para descobrir o caminho a seguir. Confesso que me sentia atraído por um deles, mas ainda não sabia se andaria por ali. Era errado. Só que a idéia me atormentava e, enquanto ela estivesse ao alcance da mão, eu não conseguiria fazer o trabalho para o qual fui contratado.

Eu tinha consciência do que viria depois. Eu vinha evitando, mas aquilo acenava para mim e eu não conseguiria resistir para sempre. Agora era a melhor hora do dia para ir em frente. Muito melhor do que tentar no meio da noite.

Fiquei por ali tempo suficiente para acender uma ou duas velas e colocar algumas cédulas na caixa de esmolas. Depois, peguei um táxi na frente da estação Pennsilvania e pedi ao motorista que me levasse à rua Bethune.

Os inquilinos do primeiro andar não estavam. Uma certa sra. Hacker, no segundo andar, disse que tivera pouquíssimo contato com Wendy e Richard. Lembrava-se de que o companheiro de apartamento de Wendy tinha cabelos escuros. Às vezes, revelou, eles deixavam o rádio, ou o aparelho de som, alto, durante a noite, mas nunca de maneira a provocar uma reclamação. Ela gostava de música, de todos os tipos de música: erudita, clássica, popular — o importante era a qualidade.

Na porta do apartamento do terceiro andar havia um cadeado. Teria sido bastante fácil entrar, mas impossível sem chamar atenção. Não havia ninguém no quarto andar, o que me deixou satisfeito. Subi até o quinto. Elizabeth Antonelli havia dito que os inquilinos só voltariam em março. Toquei a campainha e fiquei atento, esperando por algum ruído lá dentro. Não ouvi coisa alguma.

Havia quatro fechaduras na porta, inclusive uma Taylor, que é o mais próximo a que se pode chegar em matéria de segurança. Arrombei as outras três com um pedaço de plástico, um cartão de crédito velho de posto de gasolina que não valia mais nada, já que eu não tenho mais carro. Depois, chutei a Taylor. Tive de chutar duas vezes, antes que a porta voasse para dentro.

Tranquei os três cadeados. Os inquilinos quebrariam a cabeça tentando descobrir o que havia acontecido com a Taylor, mas isso seria problema deles; algo para se preocupar apenas em março. Olhei em volta até encontrar a janela que dava para a escada de incêndio. Abri e desci dois andares até o apartamento de Hanniford-Vanderpoel.

A janela não estava lacrada. E foi por ela que entrei, tomando o cuidado de fechá-la em seguida.

Uma hora depois, fiz o caminho de volta pela escada de incêndio. Dessa vez, havia luzes no apartamento do quarto andar, mas a cortina estava fechada na janela pela qual eu tinha que passar. Entrei novamente no apartamento do quinto andar, saí pelo corredor, fechei a porta atrás de mim, desci e deixei o edifício. Eu tinha tempo suficiente para comer um sanduíche antes do meu encontro com Martin Vanderpoel.

7

Saí do metrô na esquina das ruas 62 e New Utrecht, e andei uns dois blocos nessa parte do Brooklyn onde a Bay Ridge e a Bensonhurst encostam-se uma na outra. Uma chuva fina derretia a neve da véspera. A meteorologia previa queda de temperatura durante a noite. Como estava um pouco adiantado, parei para um tomar um café. Nos fundos do bar um garoto fazia demonstração com uma faca de mola para alguns amigos. Ele me deu uma olhada rápida e sumiu com a faca, lembrando-me, uma vez mais, que ainda era grande a minha semelhança com um tira.

Bebi a metade da xícara de café e peguei o caminho que me levaria até a igreja. Era um edifício sólido, de pedra branca, que ganhou várias tonalidades de cinza com o passar dos anos. Um marco anunciava que a presente estrutura fora construída em 1886, por uma congregação que se estabelecera duzentos e vinte anos antes dessa data. Um quadro de avisos iluminado identificava o templo como a Primeira Igreja Reformada de Bay Ridge, reverendo Martin T. Vanderpoel, pastor. Os cultos aconteciam aos domingos às nove e meia. Nessa semana, o reverendo Vanderpoel estava escalado para falar sobre "O Caminho para o Inferno é Cheio de Boas Intenções".

Assim que virei a esquina, vi a casa paroquial bem ao lado da igreja. Tinha três andares e foi erguida com as mesmas pedras brancas. Toquei a campainha e esperei alguns instantes, nos degraus da frente, embaixo de chuva. Logo uma mulher baixinha, de cabelos brancos, abriu a porta e ficou me examinando. Dei o meu nome.

— Boa noite — ela me cumprimentou. — O reverendo espera pelo senhor. Por favor, me acompanhe.

Ela me levou até a sala de visitas e me indicou uma poltrona. Sentei-me diante da lareira, onde brilhava um aquecedor com fios elétricos. As paredes do ambiente eram rodeadas de estantes com livros. Um tapete oriental, decorado com motivos não-figurativos, cobria a maior parte do piso. O mobiliário era sólido e escuro. Enquanto esperava por ele, percebi que deveria ter tomado um drinque, no lugar do café. Não era provável que me oferecessem um aperitivo, nessa casa tão pouco alegre.

Explorei o local durante uns cinco minutos. Então, escutei passos na escada. Levantei-me assim que ele entrou na sala. Ele procurou justificar o atraso: — Senhor Scudder? Desculpe-me por fazê-lo esperar. Estava ao telefone. Por favor, queira sentar-se.

Ele era alto e bastante magro. Usava terno preto, colarinho de clérigo e chinelos de couro preto. Tinha cabelo branco, com brilho amarelo, aqui e ali. Teria sido considerado longo, alguns anos atrás, mas hoje em dia os cachos abundantes passaram a ser convencionais. Os óculos de aros de chifre exibiam lentes tão grossas que me dificultavam ver os seus olhos.

— Aceita um café, senhor Scudder?

— Não, muito obrigado.

— Eu também dispenso. Se beber mais de uma xícara após o jantar, fico acordado a metade da noite. — Ele se inclinou na minha direção e colocou as mãos nos joelhos. — Bem... agora — ele se adiantou —, eu não vejo como posso ajudá-lo.

Expliquei as iniciativas que já havia tomado, até então, com respeito a Cale Hanniford. Quando terminei, ele coçou o queixo com o polegar e o indicador e concordou gravemente, com um movimento de cabeça.

— O senhor Hanniford perdeu uma filha — lamentou. — E eu perdi um filho.

— Sim.

— É tão difícil ser pai no mundo de hoje, senhor

Scudder. Talvez tenha sido sempre assim, mas parece que os tempos conspiram contra nós. Ah... simpatizo plenamente com senhor Hanniford, sobretudo porque vivi a mesma dor. — Virou-se para contemplar a lareira. — Mas eu temo não ter o mesmo sentimento pela garota.

Continuei calado.

— É uma falha da minha parte, e reconheço como tal. O homem é uma criatura imperfeita. Às vezes, penso que a religião não tem outra função além de ajudar a tornar clara a consciência sobre a extensão dessa imperfeição. Somente Deus é perfeito. Até o homem, Sua obra maior, é irremediavelmente falível. Um paradoxo, senhor Scudder. Não acha?

— Sim.

— A minha incapacidade de sentir pesar por Wendy Hanniford não está entre os meus menores defeitos. Sabe... o pai dela responsabiliza, sem dúvida, o meu garoto pela perda da sua filha. Igualmente, eu a responsabilizo pela perda do meu filho.

Ele se levantou e aproximou-se da lareira. Ficou por um momento ali, perfeitamente ereto, aquecendo as mãos. Virou-se para mim e tive a impressão de que me faria uma confissão. Em vez disso, andou lentamente até a sua cadeira. Sentou-se novamente, dessa vez com uma perna cruzada sobre a outra.

E indagou:

— É cristão, senhor Scudder?

— Não.

— Judeu?

— Não tenho religião.

— Isso é muito triste — comentou. — Perguntei sua religião porque a natureza da sua crença poderia tornar mais fácil a compreensão dos meus sentimentos para com a garota. Mas, talvez eu possa abordar o assunto de outra maneira. O senhor acredita no bem e no mal, senhor Scudder?

— Sim, acredito.

— Acredita que haja alguma coisa como o mal, existindo sobre a terra?

— Eu sei que existe.

Ele fez um gesto com a cabeça, satisfeito. — Eu também — acrescentou. — Seria difícil não acreditar nisso, qualquer que seja a perspectiva religiosa. Uma olhada diária nos jornais fornece evidências suficientes para demonstrar a existência do mal. — Fez uma pausa e eu pensei que estivesse esperando algum comentário meu. Mas logo emendou. — Ela era o mal.

— Wendy Hanniford?

— Sim. O mal. Uma mulher controlada pelo demônio. Ela separou o meu filho de mim, da sua religião e de Deus. Ela o tirou dos bons caminhos para levá-lo aos caminhos do mal. — Sua voz foi tomando um certo timbre e eu pude imaginar o seu vigor diante da congregação. — Foi o meu filho quem a matou. Mas foi ela quem acabou com alguma coisa dentro dele, quem tornou possível que ele a matasse. — O tom da sua voz diminuiu e ele pousou as mãos ao seu lado. — Não dá para chorar por Wendy Hanniford. Só lamento que a sua morte tenha vindo pelas mãos de Richard. Sinto profundamente que ele tenha liquidado a própria vida, mas não posso estar de luto pela filha do seu cliente.

Deixou cair as mãos e abaixou a cabeça. Não pude ver os seus olhos, mas o seu rosto estava perturbado, preso nas tramas do bem e do mal. Pensei no sermão que ele iria fazer no domingo, pensei em todas as diferentes estradas para o inferno e na quantidade de pedras que a pavimentavam. Também visualizei Martin Vanderpoel como um Sísifo, alto e magro, rolando blocos enormes de pedra e tentando colocá-los no lugar.

Fui em frente com as questões. — Um ano e meio atrás, seu filho estava em Manhattan. Isso foi quando ele começou a trabalhar para Burghash Antigüidades. — Ele concordou. — Então ele saiu daqui uns seis meses antes de começar a dividir o apartamento com Wendy.

— É verdade.

— Mas o senhor continua pensando que ela o desencaminhou.

— Tem razão. — Ele respirou fundo e começou a desabafar devagar: — Meu filho deixou minha casa pouco antes de terminar o segundo grau. Não aprovei nem me opus violentamente. Eu preferiria que Richard tivesse ido para a universidade. Era um rapaz inteligente e teria se saído bem por lá. Naturalmente, também tinha esperança de que ele pudesse me seguir, na religião. Mas não o forcei nessa direção. A vocação deve ser uma decisão individual. Não sou um fanático nesse assunto, senhor Scudder. Preferiria ver meu filho como um médico produtivo e satisfeito, ou um advogado, ou um homem de negócios, a ser um pregador infeliz do Evangelho. Eu entendi que Richard precisava se encontrar. Essa é uma expressão que está na moda entre os jovens de hoje em dia, não é verdade? Ele precisava se encontrar. Eu compreendi. Esperava que esse processo de autodescoberta o levasse a entrar na universidade, depois de um ou dois anos. Tinha esperança de que isso ocorreria; em todo caso não havia razão alguma para alarme. Richard tinha um trabalho honesto, morava em uma residência cristã decente. Pensei que estivesse no bom caminho. Não necessariamente o caminho que viria a adotar, mas algo que era correto para ele, naquela altura da sua vida. E então ele encontrou Wendy Hanniford. Viveu com ela em pecado. Foi por ela corrompido. E, no final...

Lembrei-me de um grafite em um banheiro masculino: "Felicidade é quando você encontra um rapaz da mesma crença". Evidentemente Richard tinha circulado de alguma maneira como homossexual, sem que seu pai houvesse suspeitado. Daí, ele foi morar com uma garota e o pai ficara abalado.

Procurei mostrar um outro lado. — Reverendo, muitos jovens vivem juntos, sem serem casados.

— Sei disso, senhor Scudder. Eu não apóio, mas reconheço essa realidade.

— Nesse caso, o seu sentimento é maior do que uma simples discordância.

— Sim.

— Por quê?

— Porque Wendy Hanniford era má.

Eu estava sentindo os primeiros sinais de uma dor de cabeça. Massageei o centro da testa com as pontas dos dedos e falei.

— Acima de tudo, eu queria dar ao pai um retrato da filha. O senhor diz que ela era má. Em que sentido ela era má?

— Ela era uma mulher mais velha que atraiu um jovem rapaz para uma relação que não era normal.

— Ela era somente três ou quatro anos mais velha do que Richard.

— Sim, eu sei. Em termos cronológicos. Em conhecimento do mundo, ela era anos mais velha. Ela era promíscua, amoral, uma criatura da perversão.

— O senhor a conheceu?

— Sim — ele respirou fundo. — Estive com ela uma vez. E foi o suficiente.

— Quando se deu esse encontro?

— Não me lembro bem. Acredito que foi durante a primavera. Eu diria, abril ou maio.

— Ele a trouxe aqui?

— Não. Não. Richard sabia muito bem que não podia trazer aquela mulher aqui em casa. Eu fui ao apartamento onde eles viviam, especialmente para encontrá-la e falar com ela. Escolhi uma hora em que Richard estaria no trabalho.

— E o senhor encontrou Wendy.

— Sim, dei sorte.

— O que o senhor esperava desse encontro?

— Eu queria que ela terminasse a relação com meu filho.

— E ela recusou.

— Sim, senhor Scudder. Ela recusou. — Ele recostou-se na cadeira, fechou os olhos. — Ela, desbocada e agressiva, zombou de mim. Ela... não me faz bem lembrar disso, senhor Scudder. Ela deixou muito claro que não tinha a menor intenção de desistir de Richard. Era interessante tê-lo a seu lado. Essa conversa foi uma das experiências mais desagradáveis da minha vida.

— E o senhor nunca mais a viu.

— Nunca. Estive com Richard em muitas ocasiões, mas não naquele apartamento. Tentei falar com ele sobre aquela mulher. Mas não consegui avançar. Ele estava completamente fascinado por ela. O sexo — o mal, o sexo inescrupuloso — dá a certas mulheres um poder extraordinário sobre os homens suscetíveis. O homem é fraco e impotente para lidar com a força terrível que representa a sexualidade de uma mulher má. — Ele suspirou pesadamente. — E, no fim, ela foi destruída pelos meios criados por sua própria natureza. O feitiço sexual a que ela submeteu o meu filho foi o instrumento da sua própria destruição.

— O senhor fala como se ela fosse uma feiticeira.

Ele sorriu. — Uma feiticeira? Eu a vejo assim. Uma geração menos esclarecida do que a nossa a teria queimado em uma fogueira. Hoje em dia, nós falamos de neuroses, de complicações psicológicas, de compulsões. Antigamente isso era encarado como feitiçaria, possessão demoníaca. Às vezes, me pergunto se nós somos tão esclarecidos quanto gostamos de imaginar. Ou se este nosso esclarecimento nos faz bem.

— E alguma coisa faz?

— Perdão?

— Eu me perguntava em voz alta se alguma coisa nos faz bem.

— Ah... — suspirou. Tirou os óculos e os deixou pendurados no joelho. Até aquele momento eu ainda não havia visto a cor dos seus olhos. Eram azul-claros, manchados de dourado. Ele retomou a conversa.

— O senhor não tem religião. Talvez isso explique o seu ceticismo.

— Talvez.

— Eu diria que Deus nos ama imensamente. Se não neste, no próximo mundo.

Decidi agir com um mundo de cada vez. Perguntei se Richie tinha fé.

— Ele vivia um período de dúvida. Estava muito envolvido com a sua busca de autoconhecimento para ter tempo de cuidar do conhecimento de Deus.

— Entendo.

— E depois ele sucumbiu ao feitiço daquela mulher, Hanniford. Eu uso a expressão de propósito. Ele foi literalmente enfeitiçado.

— Como ele era antes disso?

— Um bom menino. Um jovem bem-educado, consciente, interessado.

— O senhor nunca teve problemas com ele?

— Nenhum problema. — Ele pôs os óculos de volta. — Não canso de me culpar, senhor Scudder.

— Por quê?

— Por tudo. Como é se diz? "Casa de ferreiro, espeto de pau." Talvez esse ditado se aplique ao meu caso. Talvez eu tenha dedicado muito mais atenção a minha congregação do que ao meu filho. Eu tive de criá-lo sozinho, sabe? Não me dei conta do trabalho exigido. Pode ter sido mais difícil do que eu pensava.

— A mãe de Richard...

Ele fechou os olhos. — Eu perdi minha mulher há quase quinze anos — esclareceu.

— Eu não sabia disso.

— Foi duro para nós dois. Para Richard e para mim. Olhando para trás, às vezes acho que deveria ter me casado novamente. Nunca considerei essa possibilidade. Eu podia pagar uma governanta e o meu trabalho permitia que eu me dedicasse a ele mais tempo do que a média dos pais teria sido capaz de fazê-lo. Pensei que seria o suficiente.

— E agora o senhor não acha mais isso?

— Não sei. Hoje em dia tenho pensado que nós podemos fazer muito pouco para mudar o nosso destino. Nossa vida se desenrola segundo um plano maior. — Deu um sorriso. — Acreditar nisso é muito confortável, senhor Scudder; ou não.

— Eu posso compreender.

— Em outras ocasiões, penso que deveria haver algo que eu poderia fazer. Richard era muito fechado. Ele era uma pessoa reservada, tímida, reticente.

— Ele tinha algum tipo de vida social? Por exemplo, durante o período escolar, enquanto vivia aqui.

— Ele tinha amigos.

— E namoradas?

— Ele não se interessava por garotas, naquele tempo. Não olhava para elas até cair nas garras daquela mulher.

— A falta de interesse dele por garotas incomodava o senhor? — Isso foi o mais próximo a que cheguei de insinuar que Richard se interessava por rapazes. Se registrou o fato, Vanderpoel nada demonstrou.

— Não me preocupava — ele respondeu. — Eu achava que certamente Richard teria um interesse amoroso bom e saudável por alguma garota que viria a ser a sua mulher, a mãe de seus filhos. Nesse meio-tempo, não me incomodava por ele não estar envolvido com namoros. Se estivesse na minha posição, senhor Scudder, para entender o que eu sinto, o senhor também compreenderia que uma grande parte dos problemas vem do envolvimento de um sexo com o outro. Tenho visto garotas engravidarem com um pouco mais de dez anos. Tenho visto rapazes, quase crianças, serem obrigados a casar. Tenho visto jovens com doenças inomináveis. Não, eu estava muito contente que Richard fosse um retardatário nessa matéria.

Balançou a cabeça. — E, no entanto — desabafou —,

talvez, se ele fosse mais experiente e menos inocente, não teria sido uma vítima fácil da senhorita Hanniford.

Ficamos sentados em silêncio, por um instante. Depois fiz mais algumas perguntas, sem obter resposta significativa. Ele quis saber novamente se eu aceitaria um café. Recusei e disse que já era tempo de ir embora. Ele não tentou me segurar.

Peguei meu casaco no armário, onde a empregada o havia pendurado. Enquanto o vestia, indaguei: — Eu soube que o senhor viu o seu filho uma vez, depois do crime.

— Sim.

— Na sua cela.

— Foi, sim. — Ele estremeceu quase imperceptivelmente ao se lembrar do encontro. — A gente pouco conversou. Tentei tranqüilizá-lo, mas, evidentemente, falhei. Ele... ele elegeu se submeter a seu próprio castigo, pelo que havia feito.

— Estive com o advogado nomeado pelo tribunal, o doutor Topakian.

— Eu não o conheço. Depois que Richard deu fim a sua vida... bem, não havia mais razão para ver um advogado. Não tive coragem de procurá-lo.

— Compreendo. — Terminei de abotoar o casaco. — Topakian comentou que Richard não tinha nenhuma lembrança do crime.

— Oh?

— O seu filho disse alguma coisa sobre isso?

Por um momento, ele hesitou e pensei que não haveria resposta. Mas, em seguida, ele sacudiu a cabeça com impaciência. — Não há mal algum em dizer isso agora. Talvez ele estivesse falando a verdade ao advogado, talvez a sua memória estivesse mesmo confusa no momento. — Suspirou novamente. — Richard me disse que a tinha matado e que não sabia o que havia acontecido com ele.

— Ele deu alguma explicação?

— Explicação? Eu não sei se você poderia chamar

isso de uma explicação, senhor Scudder. No entanto, algumas coisas ficaram explicadas para mim.

— O que ele disse?

Ele olhou por cima do meu ombro, buscando na memória as palavras certas. — Ele me disse que, de repente, houve um momento horrível, de clareza, quando ele viu a face dela. Foi como se lhe houvesse sido concedido vislumbrar o demônio e ele soube apenas que devia destruir, destruir.

— Entendo.

— Sem querer absolver meu filho, senhor Scudder, na minha visão a senhorita Hanniford foi responsável por sua própria morte. Ela o aprisionou, vedou seus olhos para esconder sua verdadeira identidade. Mas, por um momento, seu véu escorregou, a venda que cobria os olhos dele se afrouxou e ele pôde vê-la por inteiro. E viu, eu tenho certeza, o que ela tinha feito com ele, com a sua vida.

— Pela maneira como o senhor fala... parece que acha justo que ele a tenha matado.

Ele fixou em mim uns olhos arregalados, em choque. — Oh, não — emendou. — Isso nunca. Não se deve brincar de Deus. Somente Ele pode punir e recompensar, dar e tomar. O homem, não.

Peguei no trinco da porta e hesitei: — O que o senhor disse a Richard?

— Eu mal me recordo. Havia pouco a falar e eu estava em um estado de choque profundo, que não me permitia ser muito comunicativo. Meu filho me pediu perdão. Dei-lhe minha bênção. Disse-lhe que ele devia procurar o perdão em Deus. — De perto, seus olhos azuis eram magnificados pelas grossas lentes dos óculos. Havia lágrimas no canto dos olhos. — Eu só espero que ele tenha procurado — ele disse. — Eu só espero que ele tenha procurado.

8

Eu me levantei da cama e o céu ainda estava escuro. Continuava com a mesma dor de cabeça que tinha ao deitar. Fui ao banheiro, engoli umas aspirinas e me forcei a ficar algum tempo debaixo de uma ducha quente. Quando me enxuguei e me vesti, a dor já havia melhorado e o céu começava a clarear.

Minha cabeça estava repleta de fragmentos e conversas da noite anterior. Eu havia voltado do Brooklyn com sede e dor de cabeça. Tratei melhor da primeira do que da segunda. Lembro de uma conversa sumária com Anita, em Long Island — os meninos estavam bem, a essa hora provavelmente dormiam. Eles queriam vir a Nova York e me ver, talvez ficar por uma noite, se isso fosse conveniente. Disse-lhe que seria ótimo, mas não neste momento, pois eu estava trabalhando.

Quando cheguei ao Armstrong's, Trina terminava o seu turno. Ela bebeu comigo uns dois stingers, por minha conta, e conversamos um pouco sobre o caso em que eu estava trabalhando. — A mãe dele morreu quando ele tinha cinco ou seis anos de idade — comentei. — Eu não sabia disso.

— Faz alguma diferença, Matt?

— Não sei.

Depois que ela saiu, fiquei ali sentado sozinho e tomei mais uns drinques. Quando decidi pedir um hambúrguer, a cozinha já havia fechado. Não sei a que horas voltei para o quarto. Ou não me recordo.

* * *

Tomei um café-da-manhã caprichado, ao lado de casa, no Red Flame. Pensei em telefonar para o escritório de Hanniford, mas decidi esperar um pouco mais.

O funcionário da agência dos Correios na rua Christopher me informou que os endereços para reenvio de correspondência só eram guardados por um ano. Sugeri que verificasse os arquivos passados, mas ele me disse que não era o seu trabalho, que tomaria muito tempo e ele tinha muita coisa a fazer. Provavelmente, ele era o primeiro empregado dos Correios tão ocupado desde Benjamin Franklin. Como entendi a insinuação, botei uma nota de dez dólares em sua mão. Ele pareceu surpreso. Não sei se pela cifra ou por ter merecido alguma coisa a mais do que um simples argumento. Ele entrou no escritório e voltou alguns minutos mais tarde com o endereço de Marcia Maisel, na rua 84 Leste, perto da avenida York.

O prédio era um arranha-céu com um estacionamento subterrâneo e um hall de entrada que poderia servir como um pequeno aeroporto. Havia uma cachoeira com plantas aquáticas. Não consegui achar nenhuma Maisel na lista dos locatários. O porteiro nunca tinha ouvido falar dela. Pedi para ver o síndico. Por sorte, ele reconheceu o nome. Disse-me que ela havia se casado alguns meses antes e depois disso se mudara. Seu nome de casada era sra. Gerald Thal e seu endereço atual ficava em Mamaroneck.

Peguei o número do telefone com o Serviço de Informações de Westchester e liguei. Deu três vezes ocupado. Na quarta vez, ao segundo toque, uma mulher atendeu:

— Senhora Thal? — perguntei.

— Sim?

— Meu nome é Matthew Scudder. Gostaria de conversar com a senhora sobre Wendy Hanniford.

Houve um longo silêncio e eu já me perguntava se estava falando com a pessoa certa. Achei uma pilha de revistas velhas, com o nome de Marcia Maisel e o endereço da rua Bethune, em um armário do apartamento de Wendy. Era possível que em algum ponto tenha se estabelecido uma falha de conexão: o funcionário dos Correios poderia ter me indicado uma outra Maisel ou o síndico poderia ter se enganado com o endereço dela.

Então, sua voz voltou: — O que você quer comigo?

— Apenas lhe fazer algumas perguntas.

— Por que eu?

— Você viveu na rua Bethune com ela.

— Isso foi há muito tempo. Fazia anos eu não via Wendy. Nem sei se a reconheceria.

— Mas, em algum momento, você a conheceu.

— E daí? Aguarde um momento. Vou pegar um cigarro. — Ela voltou em seguida, diferente. — Claro, eu li nos jornais sobre o caso. O rapaz que fez aquilo se matou, não foi?

— Sim.

— Então por que me meter nisso?

O fato de não querer entrar na história já era quase uma razão em si mesma. Mas eu expliquei como era peculiar a minha missão. Cale Hanniford precisava saber sobre o passado de sua filha, agora que ela não tinha futuro. Quando terminei, ela concordou em responder algumas questões.

— Você se mudou da rua Bethune para a 84 Leste um ano atrás, em junho passado?

— Como descobriu tanto sobre mim? Ah, não importa, continue.

— Por que você se mudou?

— Queria morar sozinha.

— Entendo.

— Além do mais, era mais perto do meu trabalho. Eu tinha um trabalho no East Side e era complicado ir todo dia do Village para lá.

— Como você veio a dividir o apartamento com Wendy?

— O apartamento dela era enorme e eu procurava um lugar para morar. Na época, parecia uma boa idéia.

— Mas, depois, sua opinião mudou.

— Bem, além do problema de localização eu gosto de privacidade.

Ela me daria qualquer resposta para se ver livre de mim. O certo seria falar com ela face a face e não por telefone. Ao mesmo tempo, eu não queria perder um dia de viagem, até Mamaroneck.

— Mas como vocês dividiram o apartamento?

— Acabei de falar, ela tinha um lugar...

— Você leu um anúncio?

— Agora entendi o que você quer dizer. Não, na verdade, esbarrei nela na rua.

— Vocês já se conheciam?

— Ah, pensei que soubesse. Eu a conheci na faculdade. Não éramos próximas, sabe? Mas em uma escola pequena todo mundo acaba se conhecendo. E no dia do esbarrão, a gente conversou.

— Então vocês se conheceram na faculdade?

— Eu achei que você já sabia. Parece tão bem informado sobre mim. Como não conhece a história?

— Gostaria de ir até aí, para falar com você.

— Olha, não vai dar.

— Sei que é pedir muito do seu tempo, mas...

— Eu não quero me envolver — ela quase suplicava. — Dá para você entender? Pelo amor de Deus, Wendy está morta. Em que isso poderia ajudá-la?

— Senhora Thal...

— Vou desligar agora — mal avisou e a ligação caiu.

Comprei um jornal e fui à lanchonete tomar um café. Esperei cerca de meia hora, para que ela ponderasse se seria fácil ou não se ver livre de mim. Então, liguei novamente.

Há muito tempo, aprendi uma lição: não é necessário saber quanto uma pessoa está assustada. Basta saber que ela está.

Ela atendeu no meio do segundo toque e ficou escutando por um momento, sem dizer uma palavra. Até que mudou de idéia. — Alô?

— É Scudder.

— Escute, eu não...

— Cale a boca, sua maluca. Estou determinado a falar com você. E vou fazer isso seja na frente do seu marido ou com você sozinha.

Silêncio.

— Pense um pouco. Posso pegar um carro e estar em Mamaroneck em uma hora. Depois do nosso papo, pego o caminho de volta e saio da sua vida. Essa é a maneira mais fácil. Se você preferir a mais difícil, eu obedeço. Mas isso não seria bom para nós dois.

— Deus do céu.

Deixei que pensasse sobre o assunto. Ela já tinha fisgado a isca e agora não havia como escapar.

Sem saída, ela informou:

— Hoje é impossível. Estou esperando uns amigos para o lanche.

— E à noite?

— Não. Gerry estará em casa. Pode ser amanhã?

— Cedo ou à tarde?

— Tenho médico às dez. Depois, estarei livre.

— Posso ir à sua casa ao meio-dia.

— Não. Espere um pouco. Eu não quero que você venha aqui.

— Então escolha um lugar.

— Me dê só um minuto. Ainda não conheço bem esta área. A gente mudou há poucos meses. Deixe-me pensar. Há um restaurante com um bar no Boulevard Schuyler. Chama-se O Carioca. Depois do médico, eu poderia passar por lá para almoçar.

— Ao meio-dia?

— Está bem. Olha, eu não sei o endereço.

— Não se preocupe. O Carioca no Boulevard Schuyler.

— Sim. Eu não me recordo do seu nome.

— Scudder. Matthew Scudder.

— Como eu vou te reconhecer?

Pensei: serei o homem mais deslocado daquele lugar. Procurei ser prático: — Estarei tomando um café no bar.

— Certo. Eu acho que nós nos reconheceremos.

— Estou certo que sim.

A visita ilegal ao apartamento na noite anterior havia rendido poucas informações, além do nome de Marcia Maisel. A minha busca tinha sido dificultada por eu não saber precisamente o que estava procurando. Quando você vasculha um lugar é sempre útil ter em mente algo de específico. Também ajuda se você não precisar se preocupar em deixar vestígios. Por exemplo, você pode revistar algumas prateleiras de livros com mais eficiência se puder jogá-los sobre o tapete, depois de manuseá-los rapidamente. Um trabalho de vinte minutos se estende por duas horas se você tem que pôr de volta cada volume no seu lugar.

Havia poucos livros no apartamento de Wendy; em todo caso, não tive que me preocupar com eles. Eu não estava procurando alguma coisa que estivesse escondida deliberadamente. Não sabia do que estava atrás. Agora, depois do fato, eu nem sabia ao certo o que tinha encontrado.

Passei a maior parte do tempo vagando pelos cômodos, sentando nas cadeiras, encostando-me nas paredes, esperando tropeçar em algo que me transmitisse a essência das duas pessoas que tinham vivido naquele lugar. Olhei a cama onde Wendy havia morrido, um estrado de molas de casal, em armação hollywoodiana. Eles não haviam removido ainda os lençóis encharcados de sangue, mesmo isso não sendo realmente necessário. O colchão estava totalmente embebido do sangue dela e a cama toda teria de ir para o lixo. A um certo momento minhas mãos tocaram em uma mancha de sangue velho e as imagens de um padre celebrando a comunhão me vieram à mente. Tive acessos de náuseas, fui até o banheiro, mas não consegui vomitar.

Enquanto estava por lá, puxei a cortina para o lado e examinei a banheira. Havia uma marca anelada do último banho, resultado de algum cabelo emaranhado no dreno. Mas nada indicava que alguém havia sido assassinado ali. A recapitulação de Richard Vanderpoel não tinha sido um modelo de precisão.

O armário de remédios revelou que Wendy tomava pílulas anticoncepcionais. Elas vinham em cartelas pequenas, com um mostrador indicando os dias da semana, para que o usuário pudesse saber se estava em dia ou não. A pílula da quinta-feira não estava lá. Portanto, eu sabia uma coisa que ela tinha feito no dia em que morreu: havia tomado a pílula.

Junto com as pílulas, encontrei frascos de vitaminas orgânicas em quantidade suficiente para sugerir que um dos moradores do apartamento acreditava naquilo. Um vidrinho com receita no rótulo indicava que Richie tinha tido febre. Havia uma variedade de cosméticos, dois tipos de desodorantes, um pequeno aparelho elétrico para depilar pernas e axilas, um aparelho elétrico, maior, de barbear. Achei diversos medicamentos que exigiam receitas — Seconal e Davon (dele), cápsulas de Dexedrine, com o indicativo Para Controle de Peso (dela) e um vidro sem rótulo, contendo o que parecia ser Librium. Fiquei surpreso de ainda encontrar aqueles medicamentos. Os tiras são capazes de embolsá-los: homens que não pegariam dinheiro algum de um morto teriam dificuldade de resistir àquelas pílulas que excitam ou acalmam.

Levei o Seconal e o Dexedrine comigo.

Havia um armário e uma cômoda, cheios de saias, blusas, calças e peças íntimas. O guarda-roupa não era grande. Nele estavam os vestidos Bloomingdale e Lord & Taylor. As roupas de Richie ficavam na sala. Um dos armários era dele. Suas camisas, meias e cuecas estavam nas gavetas de uma escrivaninha de estilo espanhol.

O sofá-cama tinha seu espaço na sala. Dentro dele eram guardados os lençóis e cobertores em perfeita ordem. Notei que os lençóis haviam sido usados. Fechei o sofá e sentei nele.

A cozinha era bem equipada: frigideiras com fundo de cobre, um conjunto de panelas e vasilhas esmaltadas e queimadas, de cor laranja, prateleira de madeira com trinta e dois jarros de ervas e temperos. A geladeira tinha dois ou três pratos congelados no freezer, mas os outros compartimentos estavam abundantemente repletos de comida normal; assim como os armários. A cozinha era grande para os padrões de Manhattan, e tinha uma mesa redonda de carvalho, com duas cadeiras de braço em torno dela. Sentei ali e imaginei cenas domésticas aconchegantes, um deles preparando uma refeição especial, os dois fazendo a refeição juntos, sentados a essa mesa.

Deixei o apartamento sem achar o que poderia esperar de útil: nenhum livro, talão de cheques ou extrato bancário. Nenhuma pilha de cheques usados. Era evidente que eles operavam com dinheiro vivo, qualquer que tenha sido a organização financeira adotada pelos dois.

Agora, um dia depois, eu lembrei das minhas impressões sobre aquele apartamento e tentei combiná-las com o retrato que Martin Vanderpoel havia feito de Wendy, como o mal encarnado. Se ela o havia aprisionado pelo sexo, por que ele dormia em um sofá-cama, na sala? E por que o apartamento, como um todo, tinha aquele ar plácido, de domesticidade? Uma domesticidade tão confortável que nem todo o sangue no quarto poderia afogar.

9

Quando voltei ao hotel, havia uma mensagem na recepção. Cale Hanniford me procurara aos quinze para as onze e pedira que eu retornasse a ligação. Ele tinha deixado um número e era o mesmo que havia me dado: o do seu escritório.

Telefonei do meu quarto. Ele estava almoçando. Sua secretária disse que me chamaria de volta, mas eu falei que preferia tentar novamente, uma hora mais tarde.

O telefonema me fez lembrar de J. J. Cottrell, a referência de emprego que Wendy utilizou em seu contrato de aluguel. Fiz a ligação após consultar a agenda e atendeu uma gravação. Procurei por J. J. Cottrell na lista telefônica e não encontrei nada. Tentei Informações e também não tive sorte.

Depois de queimar a cabeça, liguei para um número especial. Quando uma mulher atendeu, me apresentei: — Policial Lewis Pankow, do sexto distrito. Tenho um número de telefone que está desligado temporariamente e gostaria de saber quem é o proprietário.

Ela anotou o número e depois me pediu que esperasse na linha. Fiquei com o fone no ouvido por uns dez minutos até que ela voltou a falar comigo:

— Não está desligado temporariamente — informou. — Foi desligado para sempre.

— Pode me dizer a quem pertencia esse número?

— Infelizmente não posso.

— Vocês guardam essa informação em algum arquivo?

— Nós devemos ter isso guardado em algum lugar,

mas eu não tenho acesso. Aqui só ficam os números desligados recentemente. Esse telefone já não funciona há mais de um ano. É estranho que ainda entre a gravação.

— Então, tudo o que você sabe é que o número foi desligado há mais de um ano.

Ela confirmou a informação. Eu agradeci e desliguei. Dei um tempo tomando um aperitivo. Quando terminei, tentei falar com Hanniford. Dessa vez, deu certo.

Ele me procurou porque tinha achado os cartões-postais. O primeiro, postado de Nova York, foi enviado em 4 de junho. O segundo saiu de Miami em 16 de setembro.

— Isso lhe diz alguma coisa, Scudder?

— Para mim, isso só confirma que ela estava em Nova York no começo de junho, se não antes. E que depois fez uma viagem a Miami, antes de assinar o contrato de locação do apartamento. Apenas isso.

— Uma outra peça do quebra-cabeça — respondi. — Os cartões estão com você?

— Estão na minha frente.

— Pode ler as mensagens?

— Elas não dizem muita coisa — informou. — Bem, não há razão para segredos. "Aos meus queridos pais: Espero que vocês não tenham se preocupado comigo. Vai tudo bem. Estou gostando muito de Nova York. A universidade tem sido uma chatice. Vou explicar tudo quando encontrar vocês." — Nessa passagem, a voz dele ficou trêmula. Ele tossiu e continuou. — "Por favor, não se preocupem. Com amor, Wendy."

— E o outro cartão?

— Ele também não traz quase nada. "Aos meus queridos pais: Nada mau, hein? Eu sempre pensei que a Flórida fosse estritamente para o inverno, mas nesta época do ano aqui é ótimo. Vejo vocês em breve. Com amor, Wendy."

Ele perguntou como estavam as investigações e eu não sabia realmente o que responder. Contei que tinha andado muito ocupado tentando juntar um bocado de peças daquele quebra-cabeça. Mas ainda não sabia quando teria alguma coisa para mostrar.

— Durante muitos meses antes de Vanderpoel entrar em cena, Wendy dividia o apartamento com outra moça.

— Era alguma garota de programa?

— Não sei. Vou conhecê-la amanhã. Tudo indica que era alguém que Wendy conheceu na universidade. Alguma vez ela mencionou uma amiga chamada Marcia Maisel?

— Maisel? Não me lembro.

— Você sabe o nome de algum de seus amigos da universidade?

— Acredito que não. Deixe-me pensar... Pelo que me lembro, ela se referia a eles sempre pelo primeiro nome. Eu não os guardei na memória.

— Tudo bem. Não é tão importante. O nome Cottrell te diz alguma coisa?

— Cottrell? — Soletrei e ele repetiu em voz alta. — Não. Deveria significar?

— Wendy usou uma empresa com esse nome, como referência de emprego, quando assinou o contrato do apartamento. A firma não existe.

— Por que você pensou que eu teria ouvido falar disso?

— Foi só um tiro no escuro. Ultimamente, tenho dado vários desse tipo, senhor Hanniford. Wendy era uma boa cozinheira?

— Wendy? Que eu saiba, não. Só se ela desenvolveu o interesse pela culinária na universidade. Enquanto vivia em casa, sua especialidade era apenas sanduíche de pasta de amendoim com geléia. Por quê?

— Só curiosidade.

O seu celular tocou, ele atendeu e me perguntou se havia alguma coisa a mais. Eu ia dizer que não, mas me lembrei de um detalhe em que eu deveria ter pensado desde o começo: — Os cartões-postais...

— O que há com eles?

— O que tem no outro lado?

— Como assim?

— Os cartões-postais trazem imagens, não é? Vire-os. Quero saber quais são.

— Vou olhar. O túmulo de Grant. Você acha que é uma peça importante do quebra-cabeça, Scudder?

Ignorei o sarcasmo. — Este é o de Nova York. Estou mais interessado no de Miami.

— É um hotel.

— Qual?

— Pelo amor de Deus. Eu nunca havia pensado nisso, dessa maneira. Poderia significar alguma coisa, não é?

— Que hotel, senhor Hanniford?

— O Eden Roc. Isso lhe dá alguma pista importante?

Não deu.

Consegui contatar o gerente do Eden Roc e me apresentei como um oficial de polícia de Nova York, investigando um caso de fraude. Fiz com que levantasse as fichas de registro de 1970. Fiquei meia hora pendurado no telefone enquanto ele localizava os papéis e procurava um registro no nome de Hanniford ou Cottrell. Não deu em nada.

Não me surpreendi muito. Provavelmente não foi Cottrell o homem que a levou para Miami. E mesmo que tivesse sido ele, não necessariamente usaria o seu nome verdadeiro. A investigação ficaria mais fácil se ele tivesse assinado. Mas até agora, nada sobre a morte e a vida de Wendy parecia simples. E eu não poderia esperar uma mudança tão súbita de rumo.

Preparei outro drinque e decidi deixar o resto do dia rolar. Estava tentando fazer muita coisa, era como peneirar toda a areia do deserto. Sem propósito, porque eu procurava responder a perguntas que o meu cliente nem tinha feito. Quem foi Richie Vanderpoel, por exemplo. Por que ele fez listras vermelhas em Wendy? Tudo o que Hanniford pedia era ter uma idéia sobre a vida que a filha levava. Talvez a sra. Gerald Thal, ex-Marcia Maisel, nos ajudasse, amanhã.

Até lá, eu poderia relaxar. Ler os jornais, tomar o meu aperitivo, ficar à toa no Armstrong's, quando sentisse que as paredes do meu quarto estivessem me sufocando.

Mas não consegui. Depois de tomar o drinque, enxagüei o copo, coloquei meu casaco e peguei o trem A, para o centro da cidade.

Quando você entra em um bar gay, no meio da tarde de um dia de semana, você se pergunta por que não chamá-lo por outro nome. Durante a noite, com uma multidão bebendo e paquerando, há uma vibração no ar. Ela pode parecer forçada e quem sabe você sinta o pulsar subterrâneo, mal disfarçado, de um desespero quieto. Mas gay e alegria são palavras tão boas quanto qualquer outra para descrever a situação. No entanto, entre três e quatro horas da tarde, numa quinta-feira, o lugar só conta com aqueles bêbados mais aplicados, que não têm para onde ir, e um garçom, cujo rosto mostra que ele sabe como as coisas vão mal e que já não tem esperança de que elas melhorem.

Fiz a ronda. Um clube em um porão, na rua Bank, onde um homem com cabelos brancos, compridos, sozinho, jogava numa máquina eletrônica enquanto a sua cerveja, ao lado, ficava choca. Uma grande sala, na rua 10 Oeste, com o ambiente decorado para atrair a velha turma de atletas de universidade: serragem no chão e flâmulas com letras gregas nas paredes de tijolo aparente. Ao todo, uma meia dúzia de bares gays, em um perímetro de quatro blocos próximos ao número 194 da rua Bethune.

Fui muito encarado. Era um tira? Um possível parceiro sexual? Ou ambos?

Tinha o jornal com a foto de Richie e procurei mostrá-lo a quem estivesse disposto a olhar. Quase todo mundo reconheceu a foto, porque tinha visto nos noticiários.

O crime era recente, aconteceu em pleno centro do bairro, e heterossexuais não têm o monopólio de curiosidade mórbida. A maioria das pessoas estava por dentro do caso. Muitas delas tinham visto Richie, ou afirmaram isso, na vizinhança. Mas ninguém o havia encontrado nos bares gays.

— Bem, eu não venho aqui com tanta freqüência — foi o que ouvi mais de uma vez. — Passo aqui, de vez em quando, para uma cerveja, quando a garganta fica seca.

Num lugar chamado Sinthia's, o garçom me reconheceu e fez uma encenação caprichada: — São os olhos que me enganam? Ou trata-se realmente de Matthew Scudder, o primeiro e único?

— Olá, Ken.

— Não me diga que você finalmente se converteu, Matt? Já fiquei suficientemente impactado quando soube que você tinha saído da polícia. Se Matthew Scudder passou a acreditar que o negócio é ser gay, bom... vou ficar arrasado.

Ele ainda parecia ter vinte e oito anos e deveria ter umas duas vezes isso. O cabelo louro era o seu mesmo, embora a cor viesse de uma garrafa. Ao se aproximar dele, você podia ver os traços de operação plástica. Mas a uns poucos metros de distância, ele não parecia um dia mais velho do que quando eu o levei em cana, quinze anos antes, por sedução de menores. A sua prisão não me deixou nada orgulhoso. O menor tinha dezessete anos e era muito mais delinqüente do que o próprio Ken poderia imaginar vir a ser um dia. Acontece que o menor tinha um pai que prestou queixa e eu tive que prender Kenny. Ele arranjou um advogado decente e o processo não foi em frente.

— Você está com boa aparência — elogiei.

— Birita, cigarro e muito sexo deixam um cara jovem.

— Já viu esse rapaz? — Deixei a fotografia cair no balcão. Ele olhou e devolveu.

— Interessante.

— Você o reconhece?

— Não é o carinha que cometeu aquela sordidez na semana passada? Uma história medonha.

— Sim.

— Onde você entra nisso?

— A história é longa. Já o viu por aqui, Kenny?

Ele pôs os cotovelos no balcão, fez um V com as mãos e enfiou o queixo entre elas. — Eu falei que era interessante — esclareceu — porque pensei haver reconhecido a fotografia quando o *Post* a publicou. Tenho uma memória extraordinária para fisionomias; entre outras áreas anatômicas.

— Você o tinha visto antes?

— Pensei que sim e agora tenho certeza. Por que não bebemos algo, enquanto refresco a memória?

Coloquei uma nota no balcão. Ele serviu um bourbon para mim e misturou alguma coisa alaranjada para ele. — Não estou enrolando, Matthew. Tento lembrar algo que está associado àquele rosto. Não é nada recente.

— Quanto tempo?

— Pelo menos um ano. — Tomou um gole do seu drinque, endireitou o corpo, cruzou as mãos atrás do pescoço e fechou os olhos. — Um ano, pelo menos. Eu me lembro dele agora. Muito atraente. E bem jovem. Na primeira vez em que veio aqui, eu pedi um documento de identidade e ele não me pareceu surpreso. Aliás, agiu naturalmente, como se estivesse acostumado a provar a idade.

— Ele tinha somente dezenove anos.

— Mas passava por alguém de dezesseis, maduro. Por um período de duas ou três semanas ele veio aqui quase toda noite. Depois, nunca mais o vi.

— Deduzo que ele era gay.

— Bem, ele não viria aqui para paquerar garotas, não é?

— Poderia ter vindo por curiosidade.

— É verdade, também. Tem muitos desse tipo, por aqui. Mas, Richie, não. Sabe, ele não bebia muito: pedia uma vodca Collins e deixava no copo até o gelo derreter.

— Não era um freguês muito rentável.

— Ora, quando eles são jovens e um arraso você nem presta atenção no que eles gastam. Eles viram elemento decorativo, entende? Atraem outras pessoas. De curiosos, passam a objetos de curiosidade. Mas não vá imaginar que nosso jovem ficava só olhando. Acho que não houve uma única noite em que ele não tenha deixado alguém levá-lo em casa.

Ele foi até o outro canto do bar renovar o drinque de um cliente. Quando voltou, perguntei se ele também tinha feito isso.

— Matthew, meu querido, se isso tivesse acontecido, não teria dificuldade em me lembrar dele. Acredite.

— Talvez tivesse.

— Seu puto! Não, naquela época, eu estava passando por um período muito monogâmico. Não faça sinais de ceticismo, meu amor. Não fica bem em você. Embora eu o achasse uma gracinha, ele não fazia o meu gênero.

— Engraçado... Pensei que ele fizesse o seu tipo.

— Você não me conhece tão bem quanto pensa. Tenho de admitir que gosto de carne nova, de vez em quando. Deus sabe que isso não é segredo para ninguém. Mas a juventude somente não me basta, sabia? Gosto de juventude corrompida.

— Oh?

— O ar lascivo da decadência imatura. Jovens frutos apodrecendo, ainda na videira.

— Você tem uma maneira toda própria de falar das coisas.

— Se é um elogio, obrigado. Mas, retomando o assunto, Richard não se encaixava nesse perfil de maneira alguma. Ele tinha uma espécie de inocência imaculável. Você poderia ser a sua oitava paquera da noite e ainda assim se sentiria como se estivesse seduzindo uma virgem. E isso, meu caro, como diz a rapaziada, não é a minha praia.

Ele preparou outro drinque para si mesmo e pagou com o dinheiro do meu troco. Ainda havia bastante bourbon no meu copo. — Você disse alguma coisa sobre a oitava paquera da noite. Ele estava se prostituindo?

— Imagine. Não deixavam que pagasse o que bebia, mas ele mal bebia um só drinque a noite toda. Não estava a fim de dinheiro.

— Era o dono do pedaço?

— Não, um parceiro por noite: era tudo o que parecia querer. É o que eu posso dizer.

— E de repente ele parou de vir aqui. Eu me pergunto por quê.

— Talvez ele tenha ficado alérgico à decoração.

— Havia alguém em particular com que ele costumava ir para casa?

Ken abanou a cabeça. — Nunca a mesma companhia duas vezes seguidas. Acho que ele andou por aqui durante três semanas e talvez tenha nos feito umas quinze ou dezoito visitas, ao todo. Nesse período, nunca o vi repetindo parceiro. Isso não é nada fora do comum, sabe? Muita gente gosta de variar. Especialmente os jovens.

— Acho que ele começou a viver com Wendy Hanniford mais ou menos na época em que parou de vir aqui.

— Eu deduzi que ele estava vivendo com ela. Mas não saberia a época.

— Por que ele moraria com uma mulher, Ken?

— Eu não o conhecia realmente, Matt. E não sou psiquiatra. Até fiz terapia, mas esse não foi um dos assuntos das sessões.

— Por que um homossexual viveria com uma mulher?

— Só Deus sabe.

— Sério, Kenny.

Ele tamborilou o balcão com os dedos: — Sério? Está bem. Ele poderia ser bissexual, sabia? Não é incomum, especialmente nesta altura da vida. Há muita gente careta se insinuando no meio gay. E muitos gays fazendo experiências com a heterossexualidade. — Ele bocejou afetadamente. — Eu temo ser irremediavelmente um tipo de velho reacionário. Uma única opção já é bem complicado para mim. Duas seria desastroso.

— Alguma outra idéia?

— Na verdade, não. Se eu o tivesse conhecido, Matt, poderia ajudá-lo mais. Mas, para mim, ele era somente uma carinha bonita.

— Quem o conhecia?

— Alguém conhece realmente uma pessoa? Talvez aquele que o levou para a cama possa tê-lo conhecido melhor.

— Quem fez isso?

— Eu não registro essas coisas, meu querido. Nós tivemos um rodízio muito grande por aqui, nos últimos meses. Uma boa parte da turma antiga saiu em busca de novas pastagens. Atualmente, temos recebido uma porção de garotos arrogantes, vestidos com roupas de couro. — Em sinal de contrariedade, ele franziu a testa, mas logo lembrou que esse movimento provocava rugas e forçou seu rosto a retomar a expressão normal. — Não sou nada admirador dessa turma que nós temos atraído, nos últimos tempos. Motoqueiros e uns tipos sadomasoquistas. Realmente, eu não quero que alguém seja assassinado no meu bar, sabe? Especialmente, a minha própria pessoa.

— Por que você não toma uma atitude?

— Para ser bem sincero, eles me aterrorizam.

Terminei o meu drinque: — Há uma maneira fácil de você lidar com isso.

— Como?

— Vá ao sexto distrito e fale com o tenente Edward Koehler. Conte pra ele o seu problema e peça que dê algumas batidas por aqui.

— Você deve estar brincando.

— Pense no assunto. Dê um dinheiro ao Koehler. Acho que cinqüenta paus está bom. Ele providencia algumas incursões da polícia e dá uma pressionada na turma da roupa de couro. Você não vai ser acusado de nada, de modo que não se queima com os caras. Não perde sua autorização para vender bebidas alcoólicas. Motoqueiro é igual a todo mundo. Os caras não querem saber de encrenca. Vão passar a freqüentar outro bar. Claro que seus negócios vão cair por uma ou duas semanas.

— Não será nada tão significativo. Os vagabundos são todos bebedores de cerveja e não deixam gorjetas.

— Então, você não estaria perdendo muita coisa. Depois, em um mês mais ou menos, você conquista os clientes que deseja.

— Sua cabeça é um pouco torta, Matthew. Por isso mesmo sua sugestão pode dar certo.

— Não é nenhum mérito meu. Isso costuma acontecer direto.

— Você acha que cinqüenta dólares faria o serviço?

— Acho que sim. Quando eu estava na polícia era o suficiente, mas ultimamente tudo tem subido, até as gorgetas. Se Koehler quiser mais, ele dará um jeito de dizer a você.

— Não tenho a menor dúvida. Bem, não é como se eu nunca tivesse dado um dinheiro ao Esquadrão de Ouro de Nova York. Os caras passam toda sexta-feira para a coleta. E a vaquinha de Natal... Você nem imagina quanto a gente paga.

— Imagino, sim.

— Mas nunca dei dinheiro além do necessário para me manter funcionando. E não pensei que pudesse pedir favores em troca.

— É um sistema de livre empresa.

— Pelo que parece... Acho que vou tentar isso. E pagarei um drinque pela sugestão.

Ele me serviu uma dose generosa. Peguei o copo e fitei-o diretamente nos olhos. — Há uma coisa a mais que você pode fazer por mim.

— Pode dizer.

— Pergunte a seus amigos sobre Richie Vanderpoel. Sei que você não me entregaria nenhum nome. É razoável. Mas procure descobrir como ele era. Ficarei agradecido.

— Não espere muita coisa.

— Tudo bem.

Ele passou os dedos por entre os seus belos cabelos.
— Você realmente gostaria de saber como ele era, Matt?

— Claro. Isso é importante para mim.

Talvez fosse uma reação às muitas visitas a esse tipo de bar, não estou bem certo. Mas no caminho para o metrô parei em uma cabine telefônica e procurei um número na minha agenda. Coloquei dez centavos no aparelho, disquei e quando ela respondeu, disse: — Elaine? Matt Scudder.

— Oi, Matt. Como vão as coisas?

— Nada mal. Eu estava me perguntando se você gostaria de ter companhia.

— Adoraria te ver. Me dá meia hora? Eu estava entrando no chuveiro.

— Claro.

Tomei um café, comi um pãozinho e li o *Post.* O novo prefeito estava com problemas para nomear um novo adjunto da prefeitura. A sua comissão de investigação continuava descobrindo que todos os candidatos prováveis eram corruptos nas muitas modalidades já conhecidas. Havia uma solução óbvia, com a qual ele esbarraria cedo ou tarde: teria que se livrar da bendita comissão.

Mais alguns cidadãos haviam sido assassinados, desde que a última edição saíra da gráfica. Dois policiais de folga atiraram um no outro com seus revólveres, depois de beberem alguns drinques em Woodside. Um morreu e o outro ficou em condição crítica. Um homem e uma mulher que haviam passado noventa dias na cadeia, por abuso de menor, ganharam um processo para retomar a guarda da criança dos seus guardiães legais, que estavam com ela havia três anos e meio. O torso nu de um adolescente foi descoberto no teto de uma casa na rua 55 Leste. Alguém havia gravado um X no seu peito, presumivelmente a mesma pessoa que tinha removido os braços, as pernas e a cabeça.

Deixei o jornal na mesa e peguei um táxi.

Ela vivia em um bom prédio, na rua 51 entre a Primeira e a Segunda Avenida. O porteiro verificou se eu estava sendo esperado e me indicou o elevador. Ela me esperava na porta, vestindo uma saia justa azul-rei e uma blusa verde-limão. Trazia brincos de argola de ouro e usava um perfume rico, almiscarado.

Joguei meu casaco numa cadeira enquanto ela fechava a porta e passava a tranca. Depois ela veio para os meus braços, com a boca aberta para um beijo e roçou o corpinho no meu, dizendo: — Humm, que coisa boa...

— Você está ótima, Elaine.

— Deixa eu te ver. Você também está muito bem, no gênero áspero, curtido e duro. Como tem passado?

— Não posso me queixar.

— Muito ocupado?

— Hã-hã.

No aparelho de som havia uma pilha de discos de música clássica. O último estava terminando. Sentei no sofá e esperei-a ir até a vitrola para virar os discos. Fiquei pensando se aquele movimento de quadris era especialmente para mim ou se seria natural dela. Essa dúvida era antiga.

Gostei da sala. Inteiramente coberta por um tapete branco e felpudo. Um mobiliário rigorosamente moderno, mais confortável do que parecia; muito metal e cores primárias. Dois ou três quadros abstratos na parede. Eu não viveria numa sala como aquela, mas era agradável passar um momento ali.

— Um drinque?

— Não, por enquanto...

Ela sentou perto de mim e contou sobre os livros que lera e os filmes a que assistira. Saía-se muito bem nesse tipo de conversa social. Suponho que fazia parte do seu negócio.

Nós nos beijamos algumas vezes. Toquei o seu seio e pus a mão no seu traseiro arredondado.

— Quer ir para a cama, Matt?

— Claro.

O quarto era pequeno e combinava com as cores mais discretas. Ela acendeu uma lâmpada fosca e apagou a luz central. Nós nos despimos e deitamos numa cama de casal.

Ela era quente, jovem, ávida. Tinha uma pele perfumada, macia, um corpo rijo e musculoso. Sua boca e suas mãos eram sensuais. Mas eu não entrava no clima. Depois de alguns minutos, me afastei dela. Dei-lhe umas palmadinhas carinhosas no ombro.

— Relaxa, meu bem.

— Não sei o que está acontecendo comigo.

— Algo que eu possa fazer?

Balancei a cabeça.

— Bebeu muito?

Não era isso. Eu estava muito fechado em mim mesmo. — Talvez — respondi.

— Isso é normal.

— Ou talvez seja a minha época errada do mês.

Ela riu. — Certo, você está com TPM.

— Deve ser.

Nós nos vestimos. Peguei três notas de dez e deixei na penteadeira. Como de hábito, ela fez que não havia notado.

— Quer um drinque, agora?

— Hum... Acho que sim. Bourbon, se você tiver.

Ela não tinha. Ofereceu uísque e eu aceitei. Ela se serviu de um copo de leite e nós nos sentamos no sofá. Ficamos ouvindo música por um instante, sem dizer nada. Eu me sentia tão relaxado como se tivesse feito amor.

— Tem trabalhado muito esses dias, Matt?

— Hã-hã.

— É... não dá para ficar sem ele.

— Hã-hã.

Ela tirou um cigarro do maço e eu o acendi. — Você me parece preocupado. — Comentou: — É esse o problema.

— Provavelmente você tem razão.

— Quer me falar sobre alguma coisa?

— Na verdade, não.

— O.k.

O telefone tocou e ela foi atender no quarto. Quando voltou, perguntei se ela já havia vivido com um homem.

— Você quer dizer, com um gigolô? Nunca tive e nunca terei.

— Eu quis dizer com um namorado.

— Nunca. Uma coisa engraçada, a propósito de namorados neste meu ramo de negócio: eles geralmente se transformam em gigolôs.

— É verdade?

— Hã-hã. Tenho conhecido muitas garotas que procuram se iludir: "Oh, ele não é um gigolô, é meu namorado". Mas eles sempre estão entre um emprego e outro por arranjar. Ou então têm como profissão viver assim, entre dois trabalhos. E elas sempre bancando tudo porque ele é somente um namorado. Elas são ótimas e gostam de enganar a si próprias. Eu não sou boa para isso. Então, nem tento.

— Você faz bem.

— Não posso me dar ao luxo de ter namorados. Vivo muito ocupada, economizando para a velhice.

— Imóveis, não é verdade?

— Hã-hã. Apartamentos no Queens. Não dá para acompanhar o mercado financeiro. Quero alguma coisa que esteja ao alcance da mão e que eu possa tocar.

— Você é uma proprietária, que chique.

— Mas nunca vejo os locatários, ninguém. Uma companhia toma conta de tudo para mim.

Eu me perguntei se era a Administradora de Imóveis Bowdoin, mas nem me dei ao trabalho de checar. Ela sondou se eu queria tentar o quarto outra vez e eu disse que não.

— Não quero te apressar, mas estou esperando um amigo daqui a quarenta minutos.

— Certo.

— Beba mais uma dose, se você quiser.

— Não, já está na hora de pegar a estrada. — Ela me levou até a porta e carregou o meu casaco. Dei-lhe um beijo de despedida.

— Não demore tanto entre as visitas.

— Cuide-se, Elaine.

— Não se preocupe.

10

Na sexta-feira, o dia amanheceu claro e frio. Peguei um carro da locadora Olin, na Broadway, e saí da cidade pela East Side Drive. Era um Chevrolet Malibu, uma coisinha arisca que precisava ser mimada nas curvas. Imagino que fosse econômico.

Peguei a New England Expressway e segui pela Pelham e a Larchmont até Mamaroneck. Num posto Exxon, o garoto que encheu meu tanque não sabia onde era o Boulevard Schuyler. Ele foi lá dentro e perguntou ao patrão, que me ensinou o caminho. O cara também conhecia O Carioca. Deixei o Malibu no estacionamento do restaurante às doze e vinte e cinco. Fui até o bar e sentei num tamborete de vinil, na parte da frente de um balcão preto, de fórmica. O café estava amargo e frio, parecia requentado.

A xícara ainda estava pela metade quando a avistei hesitante, debaixo da arcada, entre o salão de refeições e o bar. Se eu não soubesse que ela era da idade de Wendy Hanniford, teria lhe dado uns três ou quatro anos mais. O cabelo escuro, que lhe chegava aos ombros, emoldurava o rosto oval. Vestia uma calça xadrez e um suéter cinza-pérola por baixo do qual os seios fartos ficavam agressivamente salientes. Trazia a tiracolo uma bolsa de couro marrom, grande, e um cigarro na mão direita. Não parecia muito feliz em me encontrar.

Deixei que viesse até mim. Depois de um momento de hesitação, ela fez isso. Eu me virei, lentamente.

— Senhor Scudder?

— Senhora Thal? Devemos pedir uma mesa?

— Acho que sim.

Não havia muita gente no salão de refeições e a recepcionista nos conduziu a uma mesa isolada, nos fundos. O ambiente era extremamente enfeitado, decorado com excesso de zelo. Provavelmente, inspirado na idéia que alguém teve do que seria um motivo flamenco. O colorido abusava do vermelho, preto e azul-celeste. Troquei o café amargo por um bourbon puro e um copo d'água. Perguntei a Marcia Thal se ela aceitaria um drinque.

— Não, muito obrigada. Bem... acho que vou mudar de idéia e beber alguma coisa. Por que não deveria?

— Nenhuma razão que seja do meu conhecimento.

Ela olhou a garçonete, por trás de mim, e pediu um uísque sour, com gelo. Seus olhos encontraram os meus, desviaram-se e tornaram a me encarar.

— Não posso dizer que esteja contente por estar aqui.

— Nem eu.

— A idéia foi sua. E você me tinha sob a mira, não é? Deve te dar prazer obrigar as pessoas a fazer o que elas não querem.

— Eu tinha o hábito de arrancar asas de moscas.

— Não me surpreenderia. — Ela tentou manter o olhar fixo em mim, mas logo perdeu o controle e sorriu, contra a vontade. — Ah, droga.

— A senhora não será obrigada a nada, senhora Thal.

— Assim espero.

— Não será. Eu estou interessado em conhecer a vida de Wendy Hanniford. Não vou virar a sua de cabeça pra baixo.

Nossos drinques chegaram. Ela pegou o seu e examinou-o, como se não tivesse visto nada semelhante antes. Parecia um uísque sour bastante comum. Tomou um gole, pôs o copo sobre a mesa, pescou a cereja cristalizada dentro do coquetel e comeu. Eu engoli um pouco de bourbon e esperei por ela.

— Você pode pedir alguma coisa para comer, se quiser. Eu não estou com fome.

— Eu também não.

— Não sei por onde começar. Realmente, não sei.

Eu mesmo não estava seguro. Falei: — Parece que Wendy não tinha um emprego fixo. Ela estava trabalhando, quando você se mudou para lá?

— Não, mas eu não sabia.

— Ela lhe disse que tinha um trabalho?

Ela concordou com a cabeça. — Mas ela sempre foi vaga sobre o assunto. Para falar a verdade, eu não prestei muita atenção. Estava mais interessada no fato de que ela tinha um apartamento que eu poderia dividir, por cem dólares mensais.

— Era isso que ela lhe cobrava?

— Sim. Na época, ela me disse que o apartamento custava duzentos dólares por mês e que a gente dividiria pela metade. Nunca vi o contrato de locação ou algo parecido. De uma certa maneira, assumi que estava pagando um pouco mais da metade. Para mim, estava bem. Os móveis e tudo o mais eram dela: foi realmente uma pechincha. Antes, eu estava na Casa Evangeline. Você conhece?

— Na rua 13 Oeste?

— Isso mesmo. Alguém me recomendou o lugar como sendo uma residência apropriada para moças sozinhas na cidade grande. — Fez uma careta. — Eles tinham toque de recolher, coisas desse tipo. Era muito ridículo. Eu dividia um quarto pequeno com uma garota que devia ser batista, do Sul, pois rezava o tempo todo. A gente não podia receber visitas masculinas e tudo lá era muito precário. O preço era praticamente o mesmo de dividir o apartamento com a Wendy. Então, eu não via problema nenhum com ela ganhar algum dinheiro comigo. Só mais tarde descobri que o valor do aluguel era muito superior a duzentos dólares.

— E ela não estava trabalhando.

— Não.

— Você não se perguntava de onde ela tirava o dinheiro?

— Por um tempo, não. Depois fui percebendo que ela nunca ia ao trabalho. Quando toquei no assunto, ela admitiu que estava mudando de emprego. E disse que tinha economias suficientes para procurar com calma. Como eu passava o dia fora, não dava para controlar se ela realmente estava batalhando alguma coisa

— Ela era uma prostituta, naquela época?

— Não sei se você a chamaria assim.

— O que quer dizer?

— Ela aceitava dinheiro de homens. Ela vinha fazendo isso desde que chegou ao apartamento. Mas não posso afirmar que ela era exatamente uma prostituta.

— Quando você descobriu o que estava se passando?

Ela tomou um gole do seu drinque. Pôs o copo na mesa e bateu na sua fronte com os dedos. — Foi gradual — confessou.

Eu esperei.

— Ela saía muito com homens mais velhos, mas isso não me surpreendia. E, normalmente, hum... bem, ela e o acompanhante acabavam na cama. — Ela abaixou os olhos. — Não que eu ficasse espionando, mas era impossível não notar. Na divisão do apartamento, ela ficou com o quarto e eu, com a sala. Ali havia um sofá-cama...

— Eu vi o apartamento.

— Se você conhece a planta, sabe que é preciso passar pela sala para chegar ao quarto. Se eu estava em casa, obrigatoriamente ela e o parceiro passavam por mim. Na hora de ir embora, Wendy o levava até a porta ou ele saía sozinho.

— Isso incomodava você?

— Que ela tivesse relações com eles? Não. Por que incomodaria?

— Eu não sei.

— Uma das razões pelas quais saí da Casa Evangeline foi para ter uma vida de adulto. Eu não era nenhuma virgem. O fato de Wendy trazer homens para o apartamento significava que eu poderia me sentir livre para levar os meus, se assim quisesse.

— Você queria?

Ela enrubesceu. — Eu não tinha ninguém especial.

— Então, você sabia que Wendy era promíscua, só não sabia que ela recebia dinheiro?

— Não, naquela época.

— Ela estava se encontrando com muitos homens diferentes?

— Não sei. Eu vi os mesmos homens em diversas ocasiões, sobretudo no começo. Mas nem sempre era assim. Eu ficava muito tempo fora do apartamento. Às vezes chegava em casa e ela já estava com alguém no quarto. Ou eu saía para um drinque, alguma coisa do gênero, e na volta a pessoa tinha ido embora.

Olhei atentamente para ela, que evitou os meus olhos. — Você suspeitou de alguma coisa, desde o começo, não é verdade?

— Não sei o que você está querendo dizer.

— Que havia alguma história envolvendo homens.

— Acho que sim.

— O que era? Como eram esses homens?

— Mais velhos, claro. Mas isso não me surpreendia. Eles eram bem-vestidos. Homens de negócios, professores, executivos. Eu tinha a impressão de que muitos deles eram casados. Não saberia dizer por que, mas era o que pensava.

Pedi outra rodada de drinques e ela foi se soltando. As lacunas começaram a ser preenchidas e a tomar forma. Às vezes ela atendia aos telefonemas quando Wendy não estava no apartamento. Recebia mensagens cifradas que tinha de transmitir. Houve o bêbado que apareceu uma noite quando Marcia estava sozinha e ensaiou uma cantada desastrada. Ela conseguiu se livrar dele, mas ainda não tinha se dado conta de que as amizades masculinas de Wendy constituíam uma fonte de renda.

— Eu pensei que era uma vagabunda. Não que eu seja uma moralista, senhor Scudder. Na verdade, nesse mesmo período, eu estava indo na direção oposta. Não em termos de comportamento, mas como eu me sentia a propósito de tudo. Aquelas virgens todas, tensas, da Casa Evangeline... o resultado era que eu tinha sentimentos mesclados com relação a Wendy.

— Como?

— Eu achava uma má idéia o que ela estava fazendo. Isso seria ruim, emocionalmente, para ela. Você sabe: ego machucado, esse tipo de coisa. No fundo, ela ainda era muito inocente.

— Inocente?

Ela roeu uma das unhas. — Não sei como explicar. Ela tinha características infantis. A sensação que me passava, independentemente da vida sexual, é que, no fundo, ela continuava a ser uma garotinha. — Ela pensou um pouco e deu de ombros: — Seja como for, eu considerava o seu comportamento autodestrutivo. Ela ia acabar se ferindo.

— Você não quer dizer ferindo-se fisicamente?

— Não, emocionalmente. Ao mesmo tempo, devo confessar que a invejava.

— Porque ela era livre?

— Sim. Ela não tinha preconceito nenhum. Pelo que eu pude observar, era completamente liberada de culpa. Fazia tudo o que queria. Eu a invejava porque eu acreditava nesse tipo de liberdade, ou pensava que acreditava; e a minha vida não refletia nada disso. — Ela sorriu, de repente: — Eu invejava também o seu mundo, porque era muito mais excitante do que o meu. Eu tive alguns namorados, mas nada muito interessante. Os rapazes com quem eu saía eram mais ou menos da minha idade e não tinham muito dinheiro. Wendy ia a lugares como Barbetta's e o Forum enquanto eu freqüentava Orange Julius's. Era tudo com que eu sonhava naquele momento.

Pediu licença e foi ao banheiro. Aproveitei para perguntar à garçonete se havia café fresco. Como ela disse que sim, pedi que trouxesse duas xícaras. Enquanto esperava por Marcia, procurava descobrir por que Wendy queria uma companheira de apartamento que ignorasse completamente o que ela fazia para se sustentar. Os cem dólares mensais não compensavam a falta de liberdade para circular como prostituta.

Ela voltou para a mesa no momento em que a garçonete trazia o café. — Obrigada. Eu já sentia o efeito da bebida. Estou precisando disso.

— Eu também. Tenho que dirigir bastante, na volta.

Ela pegou um cigarro. Eu, a caixa de fósforos e acendi para ela. Perguntei como havia descoberto que Wendy estava recebendo dinheiro por seus favores.

— Ela me disse.

— Como?

— Pô — uma nuvem de fumaça veio em mim. — Ela me contou, tá bem? Vamos parar por aqui.

— Você não acha melhor me falar tudo o que sabe, Marcia?

— E o que te faz pensar que tenha mais alguma coisa?

— O que ela fez? Passou um dos seus encontros a você?

Seus olhos brilharam de raiva. Ela fechou-os brevemente e tragou o cigarro. — Foi quase assim — desabafou. — Ela me disse que um amigo estava recebendo um cliente de fora e perguntou se eu estaria disposta a acompanhar o cara, junto com eles. A princípio, recusei. Mas ela não desistiu. Falou que a gente iria a um bom show, teria um ótimo jantar e tudo o mais. E aí foi direta: "Seja razoável, Marcia. Além de se divertir, você vai ganhar alguns dólares com isso".

— Como você reagiu?

— Bem natural. Eu vinha suspeitando que ela estava recebendo dinheiro. Então pedi para ser mais clara. Ela se abriu e disse que saía com homens ricos que sabiam como era difícil para uma mulher jovem manter um nível de vida decente. E eles cooperavam para tornar a vida dela mais fácil. Comentei que isso se chamava prostituição. Mas ela se defendeu dizendo que nunca pedia dinheiro. Eram eles que faziam questão de ajudá-la. Acabou confessando que geralmente ganhava pelo menos vinte dólares por programa. Às vezes, esse valor podia chegar a cem. O homem com quem ela ia se encontrar dava sempre cinqüenta dólares. "Você também vai receber isso se aceitar o convite do amigo dele." Depois quis saber se eu não achava bem paga uma noite que incluía um jantar excelente, um bom show e depois meia hora na cama com um cavalheiro respeitável. Foram os termos que ela usou: "um cavalheiro gentil e respeitável".

— Como foi o programa?

— Como sabe que eu aceitei?

— Não foi o que aconteceu?

— Eu ganhava oitenta dólares por semana. Ninguém me convidava para grandes jantares ou shows da Broadway. E ainda não havia encontrado alguém com quem eu quisesse transar.

— Você gostou da noite?

— Não. Passei a noite só pensando que eu teria de dormir com aquele homem. Ele era velho.

— Que idade?

— Não sei. Talvez cinqüenta e cinco, cinqüenta e seis. Eu não sou boa para estimar a idade das pessoas. Para mim, ele era velho. Isso bastava.

— Mas você foi em frente?

— Sim. Não queria estragar a festa. O jantar foi bom e o meu par até que era gentil. Não prestei muita atenção no show. Estava muito ansiosa com o resto da noite... — Ela fez uma pausa e fixou os olhos por cima dos meus ombros. — Sim, eu transei com ele e ganhei os cinqüenta dólares.

Bebi um gole de café.

— Você não vai me perguntar por que eu aceitei o dinheiro?

— Deveria?

— Eu queria aquela porcaria de dinheiro. Queria sentir como era ser uma garota de programa.

— E você se sentiu assim?

— Não foi isso que eu fui? Qual é o nome que se dá a quem se entrega em troca de dinheiro?

Não respondi. Depois de um momento, ela retomou o assunto: — Ah, dane-se! Eu aceitei mais alguns encontros. Talvez uma média de um por semana. Não sei por quê. Não era o dinheiro. Não precisamente. Era... eu não sei. Chame isso de experimento. Eu queria saber como me sentiria a propósito. Queria saber... aprender coisas sobre mim mesma.

— E o que aprendeu?

— Que sou mais careta do que imaginava. Que não me importava com as coisas que eu encontrava, de vez em quando, no fundo da minha mente. Que eu queria uma vida limpa. Me apaixonar por alguém. Casar, ter filhos. Afinal, era isso que eu buscava. Quando me dei conta disso, soube que teria de sair dali e ficar por conta própria. Não dava mais para dividir o apartamento com Wendy.

— Como ela reagiu?

— Ficou muito contrariada. — Arregalou os olhos com a lembrança. — Eu não esperava a reação. Nós não éramos muito chegadas. Eu nunca me abria com ela nem ela comigo. Nós passávamos muito tempo juntas, especialmente depois que eu aceitei os encontros, e conversávamos um bocado, mas sempre sobre assuntos superficiais. Eu não achava que a minha presença tinha alguma importância para ela. Disse-lhe que eu tinha que mudar, expliquei por que e ela ficou realmente chocada. Na verdade, quase implorou que ficasse.

— Interessante!

— Ela se propôs a pagar uma parte maior do aluguel. Foi quando descobri que ela já fazia isso. Acho mesmo que ela me deixaria ficar de graça, se eu quisesse. E, naturalmente, ela insistiu que eu não teria que aceitar nenhum encontro, já que não me sentia bem. Ela chegou mesmo a sugerir que limitaria as suas atividades aos períodos em que eu estivesse no trabalho. Na verdade, muitos dos seus encontros aconteciam à tarde, com homens de negócios que não podiam se livrar das esposas durante a noite — o que me fez levar tanto tempo para descobrir como ela ganhava a vida. Ela me garantiu que os encontros noturnos seriam em um hotel, ou algo assim, de maneira que o apartamento ficaria só para nós duas, quando eu estivesse em casa. Mas não era o caso. Eu queria abandonar aquela vida inteiramente. Era muito tenso para mim, entende? Eu estava fazendo oitenta dólares por semana e trabalhando duro para isso. A tentação de deixar o trabalho era enorme. Por sorte, nunca cometi essa loucura, mas reconheço que corria o risco. E aquilo me dava medo.

— Então você se mudou.

— Sim. Wendy chorou, quando empacotei minhas coisas e fui embora. Ela repetia que não saberia o que fazer sem mim. Sugeri que ela batalhasse outro inquilino mais ajustado ao seu estilo de vida. Ela me respondeu que não queria alguém que fosse mais ajustado, porque ela era mais do que uma pessoa. No momento, eu não entendi o que ela queria dizer.

— Você entende agora?

— Acho que sim. Ela queria alguém que fosse um pouco mais convencional do que ela. Alguém que não fizesse parte da cena sexual em que estava envolvida. Hoje, penso que ficou um pouco desapontada quando eu aceitei o primeiro encontro que me propôs. Ela se esforçou em me levar, mas se decepcionou — quando fui convencida. Você está me entendendo?

— Acho que sim. É coerente com algumas outras coisas. — Algo que Marcia me contou antes vinha me incomodando e eu revirava a memória, tentando me lembrar. — Você disse que não se surpreendeu por ela estar se encontrando com homens mais velhos.

— É verdade.

— Por quê?

— Bem, porque isso já tinha acontecido na faculdade.

— Como assim?

Ela franziu a testa. Não disse nada e eu repeti a questão.

— Eu não quero causar problemas para ninguém.

— Ela teve algum envolvimento com alguém na faculdade? Um homem mais velho?

— Lembre-se de que eu não a conhecia bem. A gente só se cumprimentava. Foi apenas em uma ou outra ocasião que freqüentamos a mesma classe.

— Isso estava relacionado ao seu abandono da faculdade, pouco antes da formatura?

— Realmente não sei muita coisa sobre esse assunto.

— Marcia, olhe para mim. Qualquer coisa que você diga sobre o que aconteceu na faculdade será sempre algo que eu iria descobrir em algum momento. Você me fará economizar um bocado de tempo e de viagens. Eu preferiria não ter que ir até Indiana para fazer um monte de perguntas embaraçosas a uma porção de gente. Eu...

— Oh, não faça isso!

— Só depende de você.

Ela falou aos poucos e por pedaços, sobretudo porque não sabia muita coisa. Tinha acontecido um escândalo pouco antes de Wendy deixar o campus. Aparentemente, ela estava tendo um caso com o professor de História da Arte, um homem de meia-idade, com filhos da idade de Wendy ou mais velhos. Ele pensou no divórcio para se casar com Wendy. Mas a mulher engoliu um punhado de pílulas, foi levada ao hospital, recebeu uma lavagem de estômago e sobreviveu. Durante o desastre, Wendy fez as malas e desapareceu.

No campus, corriam boatos de que aquela não era a primeira vez que ela tinha se envolvido com homens mais velhos. Seu nome foi relacionado com vários outros professores, todos eles consideravelmente mais velhos do que ela.

— Tenho certeza de que eram só boatos — Marcia Thal tentava me convencer. — Eu não acho que ela pudesse ter casos com tantos homens sem que as pessoas mais próximas soubessem. Mas quando a história inteira estourou, o falatório foi geral. Talvez alguma coisa tenha sido verdade.

— Então você sabia, logo que foi morar com ela, que o seu comportamento não era convencional.

— Já disse a você. Eu não me incomodava com a sua moralidade. Eu não via nada de errado no fato de ela dormir com uma porção de homens. Não, se ela assim quisesse. — Por um momento, ficou pensando. — Hoje já penso diferente.

— O professor de História da Arte. Como era o nome dele?

— Não vou dizer. Não é importante. Talvez você possa descobrir sozinho. Tenho certeza que você pode. Não serei *eu* a dizer.

— Era Cottrell?

— Não. Por quê?

— Ela conhecia alguém com o nome de Cottrell, em Nova York?

— Acho que não. Esse nome não me diz nada.

— Havia alguém que ela via regularmente? Mais do que os outros?

— Na verdade, não. Só se alguém aparecia durante as tardes.

— Quanto você acha que ela estava ganhando?

— Não sei. Realmente a gente não falava sobre esse assunto. Suponho que o seu preço médio fosse trinta dólares. A média. Não mais do que isso. Uma porção de homens dava vinte. Ela falava que um cara pagava cem, mas isso era raro.

— Quantas vezes por semana ela recebia esse tipo de visitas?

— Honestamente, não sei. Talvez ela tivesse alguém três ou quatro noites por semana. Mas os encontros aconteciam também durante o dia. Ela não estava tentando fazer fortuna, apenas o suficiente para viver como queria. Muitas vezes ela recusava os programas e não via mais de uma pessoa por noite. Outra coisa: nem sempre o programa era completo, com jantar e tudo o mais. Às vezes, o cara apenas passava pelo apartamento e eles acabavam na cama. Como já disse, nem sempre ela aceitava os encontros. Se não gostasse de alguém com quem havia saído não voltava a vê-lo. E quando saía com um desconhecido, se não fosse do seu gosto, não iria para a cama com ele e, naturalmente, não receberia dinheiro. Existiam homens que conseguiam o seu telefone com outros. Ela arriscava a sair com eles; mas se não fizessem o seu tipo, inventava uma dor de cabeça e voltava para casa. Ela não estava tentando ganhar um milhão de dólares.

— Ela devia fazer uns duzentos dólares por semana?

— Por aí, é o que me parece. Era uma fortuna, comparado ao que eu estava ganhando. Mas no fim das contas não se tratava de uma quantidade fabulosa de dinheiro, você me entende?

— Não estou bem certo disso.

— Eu acho que ela era uma puta alegre, sabe como é? — Ela enrubesceu quando usou a expressão. — Ela tinha prazer no que fazia. É o que eu realmente penso. O tipo de vida, os homens e o resto. Tudo aquilo a excitava.

Eu consegui de Marcia Thal mais do que esperava. Talvez fosse tanto quanto eu precisava.

Você deve saber quando parar. Não se pode nunca descobrir tudo, mas você pode quase sempre descobrir mais do que já sabe. Há um ponto em que todo dado adicional que se encontra é irrelevante e o tempo que você investiu vem a ser um desperdício.

Eu poderia pegar um avião e ir até Indiana. Certamente, descobriria mais. No entanto, uma vez terminada a viagem, pensei que não saberia necessariamente mais do que eu sabia agora. Poderia me inteirar de nomes e datas. Falaria com pessoas que teriam lembranças próprias de Wendy Hanniford. Mas, o que estaria ganhando para o meu cliente?

Pedi a conta. Enquanto a garçonete preparava a nota, eu me lembrei de Cale Hanniford e perguntei a Marcia se Wendy falava, com freqüência, dos seus pais.

— Às vezes ela comentava sobre o pai.

— O que dizia?

— Ela se perguntava como ele seria.

— Ela achava que não o conhecia?

— Claro que não. Quer dizer... pelo que eu soube, ele morreu antes de ela nascer, ou quase. Como poderia conhecê-lo?

— Eu me referia ao padrasto.

— Que eu me recorde, ela nunca falava sobre ele, exceto para dizer vagamente que ela deveria escrever para casa e contar que tudo ia bem. Dizia isso tantas vezes que acho que era algo que ela não conseguia fazer.

Concordei com a cabeça. — O que ela dizia sobre o pai?

— Não me lembro exatamente. Só sei que ela o idealizava bastante. Uma vez, a gente estava falando sobre o Vietnã e ela fez um comentário sobre a guerra. Independentemente de ser ruim ou boa, os homens que estavam lutando eram bons; e ela falou que seu pai havia morrido na Coréia. Uma vez, ela me disse: "Se ele estivesse vivo, acho que as coisas seriam diferentes".

— Diferentes como?

— Ela não explicou.

11

Devolvi o carro para o pessoal da Olin um pouco depois das duas. Parei para comer um sanduíche e um pedaço de torta. Aproveitei para estudar meu bloco de notas, tentando encontrar uma maneira de relacionar todos os elementos entre si.

Wendy Hanniford. Ela não escondia sua queda por homens mais velhos. Se você quisesse, podia recuar, seguindo os rastros de seus atos, até os sentimentos mal resolvidos pelo pai que ela nunca vira. Na faculdade ela se conscientizara do poder que detinha e teve casos com professores. Um deles se encantou seriamente por ela, as coisas desandaram e quando tudo terminou ela já estava fora da faculdade, vivendo em Nova York.

Havia muitos homens mais velhos em Nova York. Um deles a levou para Miami Beach. O mesmo cara, ou outro, lhe deu referências de trabalho para ela poder alugar o apartamento. E o tempo todo devem ter aparecido muitos homens mais velhos que a levavam para jantar e depois lhe davam os vinte dólares "para o táxi" e ainda deixavam mais vinte ou trinta ou cinqüenta dólares sobre a escrivaninha.

Ela nunca tivera necessidade de dividir o aluguel do apartamento com outra pessoa. Havia financiado Marcia Maisel ao cobrar-lhe bem menos de metade do aluguel. Era provável que tivesse feito a mesma coisa com Richie Vanderpoel, pela simples razão de querer alguém por perto.

Porque aquele era um mundo solitário e ela sempre vivera sozinha nesse mundo, tendo apenas o fantasma do pai como companhia. Os homens que arranjava, os homens que a atraíam eram homens que pertenciam a outras mulheres e que voltavam para o lado da esposa assim que acabavam o programa com ela. Ela queria alguém no apartamento da rua Bethune, sem interesse em levá-la para a cama. Alguém que fosse apenas uma boa companhia. Primeiro, Marcia — e por acaso Wendy não ficou desapontada, quando sua amiga aceitou acompanhá-la nos encontros masculinos? Eu apostaria que sim, porque ao mesmo tempo que ganhou uma companhia nesses programas, perdeu a companheira que não pertencia àquele mundo precário. Ao contrário, alguém que foi parte importante daquela inocência, identificada em Wendy por Marcia.

Depois Richie, que provavelmente se transformou em um companheiro melhor ainda. Era um homossexual tímido e hesitante, que melhorou a decoração do apartamento, cozinhava pratos elaborados e havia construído um lar para ela, contentando-se em ficar na sala, com as suas roupas, e a dormir em um sofá-cama. Ao mesmo tempo, ela também lhe havia proporcionado um lar. Ofereceu a companhia de uma mulher, sem as ameaças que uma outra traria. Em casa, ele ficava com ela. Fora, freqüentava os bares gays.

Paguei a conta e saí na direção da Broadway, de volta ao hotel. Um pedinte, esfarrapado e com os olhos vermelhaços, bloqueou meu caminho. Queria saber se eu tinha algum trocado. Acenei que não, forcei a passagem e ele saiu da minha frente. Ficou com uma cara de quem gostaria de ter mandado que eu me fodesse, se por acaso tivesse coragem.

Até aonde eu gostaria de ir com esse assunto? Poderia voar até Indiana e fazer um estrago no campus onde Wendy aprendeu a definir sua posição na vida. Poderia levantar o nome do professor com quem ela teve um caso com resultados tão dramáticos. Poderia achar esse cara, estivesse ele ainda na universidade ou não. Ele falaria comigo. Eu o obrigaria a isso. Poderia localizar outros professores que dormiram com ela, outros estudantes que a conheceram.

Mas o que eles poderiam acrescentar ao que eu já sabia? Eu não estava escrevendo a sua biografia. Apenas tentava capturar a sua essência de tal maneira que eu pudesse dizer a Cale Hanniford como ela havia sido e como chegou àquele ponto. Certamente, eu já tinha o suficiente para apresentar um trabalho decente. Não acharia muito mais em Indiana.

Só havia um problema. Num sentido muito concreto, o meu arranjo com Hanniford era mais do que um artifício em torno das leis que regulamentavam a profissão de detetive particular e o imposto de renda. O dinheiro que ele me deu era um presente, assim como foi o dinheiro que eu dei a Koehler, a Pankow e ao funcionário dos Correios. Em troca, eu oferecia um favor. Eu não estava trabalhando para ele.

Assim, eu não podia declarar o trabalho terminado, apenas porque encontrei as respostas às questões de Cale Hanniford. Eu tinha uma ou duas questões próprias, para as quais não sabia a resposta. Eu já possuía a maior parte das informações, ou pensava que as tinha, mas existiam, ainda, alguns espaços em branco e eu gostaria de preenchê-los.

Quando entrei, Vincent estava na sua escrivaninha. Algum tempo antes ele me criara alguns problemas e eu ainda não sabia direito como me sentia a seu respeito. Dei-lhe dez dólares de Natal, o que deveria significar-lhe que não alimentava nenhum ressentimento, mas ele mantinha uma tendência a encolher-se, amedrontado, quando eu me aproximava. Agora mesmo, encolheu-se um pouco e depois me entregou a chave do meu quarto e um pedaço de papel com a informação de que Kenny havia telefonado.

No papel havia o número de telefone onde eu poderia encontrá-lo.

Telefonei do meu quarto. — Ah, Matthew — ele disse —, que bom você ter ligado.

— Qual é o problema?

— Nenhum. Estou ocupado, gozando um dia de férias. Era isso ou ir para trás das grades, e não sou um entusiasta de cadeias. Certamente elas me trariam más lembranças.

— Não estou entendendo.

— Estou sendo obscuro? Falei com o excelente tenente Koehler, como você sugeriu. Está marcada uma batida da polícia no Sinthia's, em alguma hora hoje à noite. Como diz o povo: um homem prevenido vale por dois. Então convoquei um dos meus ajudantes para tomar conta do lugar esta tarde e esta noite.

— Ele sabe o que vai acontecer?

— Não sou diabólico, Matthew. Ele sabe que vai ser preso. Sabe que será liberado após o pagamento da fiança perfeitamente razoável e sabe que as acusações serão suspensas em pouco tempo. Além disso, sabe que depois da experiência estará com mais cinqüenta dólares no bolso. Pessoalmente, eu não passaria pela indignidade de ser preso nem por uma quantia dez vezes maior; mas, recorrendo novamente à sabedoria popular: cada um sabe de si. Olha, o tal tenente Koehler foi muito prestativo. O único porém é que ele quis cem dólares em vez dos cinqüenta que você havia sugerido. Suponho que não deveria ter tentado barganhar com ele, não é?

— Acho que não.

— Foi o que eu imaginei. Bem, se tudo funcionar, o preço é uma pechincha. Espero que você não fique chateado por eu ter mencionado o seu nome.

— De maneira alguma.

— Isso me facilitou o contato. Mas fico lhe devendo um favor, e gostaria de me liberar imediatamente dessa obrigação.

— Você soube alguma coisa sobre o Richie Vanderpoel?

— Soube, realmente. Dediquei algumas horas a fazer perguntas pertinentes, num desses lugares noturnos. Aquele da rua Houston.

— Não conheço.

— Um dos meus pardieiros preferidos. Se você quiser, uma noite dessas levo você lá.

— Quem sabe. O que você descobriu?

— Ah, vejamos; o que eu *descobri*? Falei com três cavalheiros que estavam dispostos a se lembrar de terem levado um garoto esperto para um lanchezinho no fim da noite em casa. Falei também com alguns outros que eu teria o maior prazer em jurar que haviam feito a mesma coisa, mas cujas memórias, é triste dizer, estavam embaçadas. Acho que posso afirmar que ele não estava à procura de dinheiro. Nunca pediu um tostão a ninguém. Um dos caras tentou enfiar uma grana no bolso dele para o táxi, mas o garoto não aceitou. Gente fina, você não acha?

— Acho.

— Raro, nos tempos que correm. Esse é o único fato comprovado. O resto são impressões, mas, pelo que entendi, é nisso que você está interessado.

— É mesmo.

— Sabe, parece que Richard não era lá muito sensual.

— Hã?

Ele suspirou. — O garoto não gostava muito da coisa e não era muito bom naquilo. Pelo que eu entendi, não era uma questão de nervos, embora ele parecesse ser um tipo ansioso. Era como se ele se sentisse desconfortável com a coisa toda e tirasse somente um pouco de prazer do sexo. Fugia da intimidade. Ele fazia com prontidão tudo o que era necessário, mas não gostava de andar de mãos dadas ou abraçado. Não é uma coisa incomum, sabia? Há um tipo de bicha que necessita de sexo, mas detesta a proximidade. Todos os amigos são fadados a ficar distantes. Parece que ele também não gostava muito de sexo.

— Interessante.

— Eu sabia que você diria isto. Além do mais, uma vez terminado, Richie ficava sempre muito ansioso para ir embora. Não era do tipo que ficava para dormir. Não aceitava um café ou um conhaque. Era somente: bang-bang-obrigado-cavalheiro. Nenhum interesse de repetir o desempenho em uma data posterior. Um cara até quis ver o garoto novamente — não porque o sexo tinha sido bom, não era o caso —, mas porque ficou curioso. Pensava que poderia penetrar aquela couraça inflexível. Richie não queria nada disso. Nem falava com a pessoa, depois de ter dividido o travesseiro com ela.

— Esses três homens...

— Nada de nomes, Matthew. Tenho o meu código de ética.

— Não estou interessado em nomes. Só queria saber se eles seguem um mesmo modelo.

— Como?

— Idade. Eles têm aproximadamente a mesma idade?

— Mais ou menos.

— Todos na faixa dos cinqüenta?

— Como você sabia?

— Só um palpite.

— Olhe, foi um bom palpite. Eu diria que todos eles têm entre cinqüenta e sessenta anos. E mostram a idade que têm — pobres-diabos —, ao contrário daqueles que se banham na fonte da juventude.

— Tudo se encaixa.

— Como?

— Complicado demais para explicar.

— Ou seja, você quer que eu caia fora. Não me incomodo. Só a satisfação de saber que fui útil, Matthew, já é suficientemente gratificante para mim. Não estou atrás de uma história para contar aos meus netos quando ficar velho.

12

Eddie Koehler não estava no seu escritório. Deixei um recado pedindo para ele entrar em contato comigo, depois fui até o térreo comprar um jornal no quiosque do vestíbulo. Já acabara de ler a coluna do consultório sentimental Dear Abby quando o telefone tocou.

Ele agradeceu por eu ter lhe mandado Kenny. Sua voz parecia preocupada, enquanto me dizia isto. Eu não estava mais na polícia e ele não precisava dividir nada comigo.

Eu o tranqüilizei. — Em troca, você poderia me fazer um pequeno favor: encontrar alguém para dar alguns telefonemas e procurar nos registros certos. Eu mesmo poderia fazer isso, mas tomaria três vezes mais tempo.

Passei os detalhes para ele. Seria fácil checar informações comigo e ele gostou de aproveitar a oportunidade. Ficou de mandar um retorno e eu respondi que faria hora, esperando a sua chamada.

Ela veio quase uma hora mais tarde. A Companhia J. J. Cottrell teve escritórios no Edifício Kleinhans, em William e Pine. A empresa publicou, durante uns doze anos, um boletim informativo para Wall Street, que havia fechado quando o seu proprietário, Arnold P. Leverett, morreu dois anos e meio antes. Não existia ninguém chamado Cottrell ligado à firma.

Agradeci e desliguei. As peças agora se encaixavam melhor. Eu não fui capaz de achar nenhum Cottrell, porque nunca existiu alguém com esse nome. Era razoável pensar que Leverett tenha tido algum papel na vida de

Wendy Hanniford. Se esse papel foi grande ou pequeno, no momento era irrelevante. O homem não poderia ser contatado para comentários, sem a ajuda de um médium.

De toda maneira, telefonei para o Eden Roc e falei novamente com o gerente. Ele lembrou de mim. Perguntei se podia verificar o mesmo registro para Leverett. Dessa vez, ele não demorou muito tempo, porque sabia exatamente onde encontrar os papéis. Sem surpresa alguma, seus registros indicavam que o casal Arnold P. Leverett se hospedou no Eden Roc entre os dias catorze e vinte de setembro.

Portanto, eu tinha o nome de um homem na sua vida. Se o sr. Leverett deixou uma viúva, eu poderia ir até ela e incomodá-la; mas seria difícil imaginar uma iniciativa mais sem propósito. O que eu obteria seria mais negativo do que positivo. Eu poderia desistir de encontrar o homem que levou Wendy para a Flórida e deixaria de saber quem foi J. J. Cottrell. Ele não era uma pessoa. Era uma empresa e estava fechada.

Fui até a esquina no Armstrong's e fiquei no bar. Meu dia tinha sido longo e a viagem de ida e volta para Mamaroneck me deixara mais cansado do que previra. Pensei em passar ali o resto da noite, combinando café e bourbon até que o sonho chegasse.

Mas os planos mudaram. Depois de dois drinques, pensei em alguma coisa para fazer e não consegui mudar de idéia. Podia ser uma perda de tempo, mas alguma coisa em mim me pedia para investir o meu tempo naquela maneira em particular.

E, afinal de contas, meu faro estava certo.

Peguei um táxi na Nona Avenida e escutei o motorista xingar o preço da gasolina. Era tudo uma conspiração — ele esbravejava — e explicou exatamente como a trama era estruturada. As grandes companhias de petróleo pertenciam aos sionistas. Reduzindo a oferta de produto, eles fariam com que a opinião pública ficasse a favor de uma captura dos territórios árabes, ricos em poços petrolíferos, pelos Estados Unidos, aliados a Israel. Ele achou inclusive uma maneira de relacionar isso tudo ao assassinato de Kennedy. Eu esqueci qual dos Kennedy.

— Esta é a minha teoria — concluiu. — O que você acha?

— É uma teoria.

— Faz sentido, não é?

— Eu não conheço muito o assunto.

— Claro. Isso é o que você pensa do americano. Ninguém sabe nada. Ninguém se incomoda. Faça uma pesquisa sobre um assunto, qualquer assunto, metade das pessoas não tem uma opinião. Nenhuma opinião! É por causa disso que o país está indo para o inferno.

— Eu sabia que havia uma razão.

Ele me deixou em frente à biblioteca, na esquina da rua 42 e da Quinta Avenida. Passei entre os leões de pedra e subi as escadas para a sala de microfilmes. Verifiquei no meu caderno de notas a data da morte de Arnold P. Leverett e preenchi uma ficha. Uma moça de olhos tristes, vestida com jeans e uma blusa xadrez, trouxe para mim o rolo de filme apropriado.

Instalei o microfilme no projetor e comecei a examiná-lo. É quase impossível ler os números antigos do *Times* em microfilmes sem deixar de desviar a atenção. Há muitas matérias que atraem a curiosidade. Mas me obriguei a localizar a página relevante do obituário e li o artigo sobre Arnold Philip Leverett.

Ele não obteve muito espaço. Quatro parágrafos e nada excepcionalmente interessante em nenhum deles. Morrera de ataque cardíaco em sua casa em Port Washington. Deixara mulher e três filhos. Freqüentara várias escolas e trabalhara para vários agentes da bolsa até 1959, quando deixara tudo para começar sua própria *newsletter* para Wall Street, a *Cottrell's Weekly Analyzer*. Ao morrer, tinha cinqüenta e oito anos. Esta última informação era a única que poderia ser considerada pertinente e só confirmava o que eu já havia tomado como um fato bem estabelecido.

Eu me pergunto o que faz as pessoas pensarem em certas coisas. Talvez outra história haja cruzado os meus olhos e tenha jogado alguma idéia em minha mente. Não sei o que possa ter feito isso, nem estava consciente do fato até haver saído da sala de microfilmes, quando já descia a escada. Então, dei meia-volta e retornei de onde vinha para pegar o índice do *Times* de 1959.

Foi o ano em que Leverett lançou o seu boletim informativo. Talvez tenha sido isso que deflagrou o processo. Olhei no índice e descobri que nesse ano a sra. Martin Vanderpoel morreu.

Realmente, eu não esperava encontrar um obituário. Ela foi a mulher de um pastor, mas ele não era tão influente. Era apenas um ministro de uma pequena congregação, nos ermos de Brooklyn. Eu só queria ler a notícia da morte, mas havia um obituário regular no *Times*. Quando coloquei a bobina certa no projetor e abri a página onde estava a seção, logo vi por que ela mereceu espaço no jornal.

A sra. Martin Vanderpoel, ex-srta. Frances Elisabeth Hegermann, cometera suicídio no banheiro da casa paroquial da Primeira Igreja Reformada de Bay Ridge. Cortara os pulsos e fora encontrada morta na banheira pelo seu jovem filho, Richard.

Voltei ao Armstrong's, mas era o lugar errado para o estado de espírito em que eu me encontrava. Tomei então a direção norte pela Nona Avenida e fui andando até o ponto em que ela se transforma na avenida Columbus. Entrei em muitos bares, parando para beber uma dose rápida, todas as vezes que me senti cansado de andar. Há uma porção de bares nessa região.

Eu estava procurando alguma coisa, mas não sabia o que era até que encontrei. Deveria ter sido capaz de antecipar a minha descoberta. Já passei noites como aquela, andando por ruas perigosas, esperando uma oportunidade para emergir algo que estava se elaborando dentro de mim.

Isso aconteceu na Columbus, em algum lugar entre as ruas 80 e tal. Eu havia saído de um bar de nome irlandês e fregueses de língua espanhola e deixava-me guiar com a alegria solta, que é atributo especial dos bêbados e dos marinheiros. De repente vi um movimento num vão de porta, uns dez ou onze metros diante de mim, mas continuei andando e quando ele surgiu com a faca na mão, eu sabia que o procurava havia horas.

Ele parecia nervoso. — Rápido, rápido, me passa o dinheiro.

Não era um drogado. As pessoas pensam que todo ladrão é drogado, mas não é. Os drogrados entram nos apartamentos quando não há ninguém em casa e pegam televisores e aparelhos de som e pequenas coisas que possam transformar em dinheiro rápido. Não mais de um em cada cinco assaltantes tem uma verdadeira síndrome de abstinência. Os outros quatro assaltam porque é melhor do que trabalhar.

E porque assim podem mostrar como são durões.

Ele certificou-se bem de que eu havia visto a arma. Nós estávamos no escuro, mas a lâmina atraiu uma nesga de luz e brilhou perfidamente para mim. Era uma faca de cozinha, com cabo de madeira e seis ou sete polegadas de lâmina.

Tentei manter o controle. — Vamos com calma.

— Me dá a porra do dinheiro.

— Claro — eu disse. — Vá devagar com a faca. Ela me deixa nervoso.

Suponho que ele tinha por volta dos dezenove ou vinte anos. Por certo enfrentara um caso grave de acne, pouco tempo antes: suas bochechas e o seu queixo estavam esburacados. Fiz o movimento de pôr a mão no bolso do paletó e facilmente dei uma volta no corpo, deixei cair um ombro, rodei apoiado no calcanhar direito e chutei o seu pulso, com o meu pé esquerdo. A faca pulou da sua mão.

Ele tentou apanhá-la. Foi um erro, porque ela havia caído para trás e ele teve de se arrastar para pegá-la. Ele poderia ter feito duas coisas: vir diretamente para cima de mim ou dar a volta e correr. Em vez disso, fez a opção errada, escolhendo pegar a faca.

Nem chegou a três metros dela. Estava desequilibrado, catando cavaco. Eu o segurei pelos ombros e o fiz rodar como um pião. Dei-lhe uma esquerda com a mão aberta e o aparei com o pulso da minha direita, logo abaixo do seu nariz. Ele gritou e colocou as duas mãos no rosto e eu desferi três ou quatro pancadas na sua barriga. Quando ele se curvou, coloquei as minhas mãos atrás de seu pescoço e levantei o meu joelho, enquanto o fazia abaixar a cabeça.

O golpe foi firme e seguro. Soltei-o e ele ficou parado, tonto, as suas pernas curvadas, no ângulo direito dos joelhos. Seu corpo não sabia se levantava ou se caía. Tomei a decisão por ele: peguei o seu queixo na minha mão e empurrei. Ele foi projetado para o alto e para trás; caiu esparramado sobre as costas e assim ficou.

Achei um maço grosso de notas no bolso direito do seu jeans. Ele não estava procurando comprar leite para os seus irmãos. Não era o caso. Trazia com ele um pouco menos de duzentos dólares. Enfiei um dólar no seu bolso para o metrô e acrescentei o resto na minha carteira. Ele ficou ali, sem se mexer, olhando toda a operação. Acho que ele não estava acreditando no que via.

Eu me abaixei sobre um joelho. Peguei a sua mão direita com a minha esquerda e aproximei o meu rosto do dele. Seus olhos estavam bem abertos e ele parecia amedrontado. Fiquei satisfeito, porque eu queria que ele se sentisse assim. Queria que ele soubesse o que era o medo e sentisse essa sensação.

Procurei ser calmo: — Ouça o que eu falo. Estas ruas são violentas e perigosas. É melhor arranjar um emprego normal porque neste ramo você não vai dar certo. Aproveite essa lição para mudar.

Torci os seus dedos da mão direita, um a um, para trás, até que quebrassem. Deixei somente o polegar. Ele não gritou, nem nada. Acho que o terror bloqueou sua dor.

Levei a faca comigo e a joguei fora no primeiro bueiro que apareceu. Depois, andei dois blocos até a Broadway e peguei um táxi para casa.

13

Acho que não dormi nada.

Tirei a roupa e caí na cama. Fechei os olhos e mergulhei naquele tipo de sonho que você tem, sem estar inteiramente adormecido, consciente de que se trata de um sonho. A minha consciência foi ficando de lado, observando o sonho como um crítico de teatro esgotado. Então, um monte de peças se juntaram e afastaram o sono. Eu não consegui dormir, mas isso não me incomodou. Eu não queria mesmo dormir.

Deixei a água do chuveiro na temperatura mais quente possível e fiquei do lado de fora da banheira com a porta do banheiro fechada para improvisar um banho a vapor. Durante meia hora suei e expulsei a exaustão e o álcool do meu organismo. Depois, diminuí a temperatura da água o suficiente para torná-la suportável e entrei embaixo do chuveiro. Acabei tudo em um minuto, com uma ducha gelada. Para mim, essa receita é infalível quando preciso recuperar a disposição.

Enxuguei-me e vesti o terno limpo. Sentei na cama e peguei o telefone. Logo descobri que a companhia Allegheny oferecia o vôo que eu queria. Deixaria LaGuardia às cinco e quarenta e cinco e chegaria ao meu destino pouco depois das sete. Comprei um bilhete com a volta em aberto.

O Childs', na rua 58 com a Oitava Avenida, fica aberto a noite toda. Comi um corned beef com batatas e ovos e tomei muito café puro.

Eram quase cinco horas quando sentei num banco traseiro de um táxi Checker e pedi ao motorista para me levar ao aeroporto.

O vôo fazia uma escala em Albany. É por isso que levava tanto tempo. Chegamos lá na hora prevista. Algumas pessoas desembarcaram, outras embarcaram e o piloto nos levou novamente para cima. O vôo nem chegou a se estabilizar na segunda etapa: começamos a pousar tão logo acabamos de subir. Demos umas voltas na pista do aeroporto de Utica, mas nada que provocasse preocupação.

— Tenha um bom dia — desejou a aeromoça. — Cuide-se.

— Cuide-se.

De uns anos para cá, as pessoas vêm usando essa frase nas despedidas. De repente, todo mundo começou a dizer isso, como se o país inteiro subitamente descobrisse que o mundo precisa de sorte.

Eu tinha intenção de tomar cuidado. Não estava bem certo de que ia ter um bom dia.

Ali pelas sete e meia cheguei a Utica propriamente dita. Ao meio-dia telefonei para Cale Hanniford, no escritório. Ninguém respondeu.

Tentei sua casa e uma mulher atendeu. Disse o meu nome e ela fez o mesmo. — Senhor Scudder — falou hesitante —, o senhor tem feito algum progresso?

— As coisas estão avançando.

— Vou chamar Cale para o senhor.

Quando ele veio ao telefone eu disse que queria vê-lo.

— Entendo. Alguma coisa que você não quer conversar pelo telefone?

— Algo assim.

— Você pode vir a Utica? Eu não devo ir esses dias a Nova York, a não ser que seja absolutamente necessário. Mas você pode pegar um avião hoje à tarde, ou talvez amanhã. Não é um vôo longo.

— Eu sei. Já estou em Utica, neste momento.

— Ah, é?

— Estou na Rexall, na esquina da Jefferson e Mohawk. Você poderia me apanhar e a gente iria ao seu escritório.

— Certamente. Me dê quinze minutos.

— Está bem.

Reconheci o seu Cadillac e estava atravessando a calçada, indo na sua direção, quando ele estacionou. Abri a porta e me instalei a seu lado. Ou ele tinha o hábito de usar terno dentro de casa, ou se deu ao trabalho de vestir um para a ocasião. Era um terno escuro, com listras discretas.

— Se você tivesse avisado que viria, eu teria ido buscá-lo no aeroporto — informou.

— Não queria incomodar. E foi bom assim. Tive chance de rodar um pouco pela cidade.

— Não é um mau lugar. Provavelmente, muito calmo, comparado com Nova York. Apesar de isso não ser uma coisa ruim.

— Não, não é.

— Já esteve aqui antes?

— Uma vez e foi anos atrás. A polícia local prendeu alguém que a gente procurava e eu vim buscá-lo. Fiz a viagem de trem.

— Como foi o seu vôo hoje?

— Tranqüilo.

Ele estava louco para saber por que eu havia desembarcado dessa maneira para vê-lo, mas era educado. Não se discutem negócios durante o almoço até a hora do café; e nós seguimos a regra até chegarmos ao seu escritório. O depósito dos Armazéns Hanniford ficava no extremo oeste da cidade e ele havia me apanhado em plena região do centro. Jogamos conversa fora pelo caminho. Eles trabalhavam cinco dias por semana. Hoje parecia ser um dia tranqüilo. Não havia outros carros em volta do depósito, exceto dois ou três caminhões vazios. Ele estacionou o Cadillac perto de uma plataforma de carregamento e me fez subir uma rampa até lá dentro. Atravessamos, descendo, um corredor até o seu escritório. Ele acendeu as luzes da sala, apontou uma cadeira para mim e sentou-se atrás da sua escrivaninha.

— Então... — ele demonstrou impaciência.

Eu não me sentia cansado. Nem parecia que eu estava sem dormir e abusara da bebida na noite anterior. Fui direto ao assunto: — Vim fazer um relatório. Contar um pouco sobre a sua filha. Eu poderia gastar mais do meu tempo e do seu dinheiro, mas não vejo necessidade.

— Você não levou muito tempo.

O seu tom era neutro e eu me perguntei se era sincero. Ele estava admirando a minha eficiência ou aborrecido porque os seus dois mil dólares haviam comprado somente cinco dias do meu tempo?

— Levei o tempo suficiente. Eu não sei se seria mais rápido se você tivesse me contado tudo desde o começo. Talvez, não. Mas com certeza tornaria as coisas mais fáceis para mim.

— Não entendo.

— Posso entender por que você não o fez. É provável que tenha pensado que apenas os fatos me interessavam. Raciocinando assim, você estaria certo. Acontece que eu pesquisava fatos que ajudassem a montar um quadro geral. Por isso teria feito melhor, se eu soubesse de tudo, desde o começo. — Ele estava perplexo e as suas largas e escuras sobrancelhas arquearam-se acima do aro dos óculos. Continuei: — A razão pela qual eu não o preveni que viria é que eu tinha algumas coisas a fazer em Utica. Peguei um vôo de madrugada para cá, senhor Hanniford. Passei boas horas aprendendo coisas que o senhor poderia ter me dito há cinco dias.

— Que tipo de coisas?

— Estive em alguns lugares. No Serviço de Registro Civil, na Prefeitura. No escritório do *Time-Sentinel*. Na delegacia de polícia.

— Não contratei você para fazer perguntas aqui em Utica.

Fiz que não ouvi.

— O senhor se casou com a sua mulher... bem, eu não tenho que lhe dizer a data. Foi o primeiro casamento de ambos.

Ele não disse nada. Tirou os óculos e colocou-os sobre a escrivaninha na sua frente.

— O senhor poderia ter me dito que Wendy era ilegítima.

— Por quê? Ela mesma não sabia.

— O senhor tem certeza?

— Sim.

— Eu não tenho. — Respirei fundo. — Dois fuzileiros navais originários de Utica foram mortos no desembarque de Inchon. Um deles era negro, então eu o eliminei. O outro chamava-se Robert Blohr. Era casado. Ele era também o pai de Wendy?

— Sim.

— Não estou tentando cutucar feridas, senhor Hanniford. Mas acho que Wendy sabia que era ilegítima. — Ele levantou-se e foi até a janela. Fiquei pensando na conversa com Marcia e tive certeza disso. O pai era o personagem-chefe na sua mitologia pessoal e ela havia gastado toda a sua vida procurando por uma encarnação dele. A ambivalência dos seus sentimentos pelos homens parecia ser derivada de algum conhecimento além do que Hanniford e sua mãe lhe haviam dito.

Ele ficou na janela por um momento. Depois, voltouse e me olhou pensativamente: — Talvez eu devesse ter contado — disse finalmente. — Não ocultei de propósito. Isto é, dei pouco atenção, na época, à... ilegitimidade de Wendy. Era um capítulo fechado havia tantos anos que nunca me ocorreu mencioná-lo.

— Posso entender.

— Você falou que tinha um relatório para mim. —

Voltou para a sua cadeira e sentou-se. — Pode continuar, Scudder.

Comecei lá de trás, em Indiana: Wendy na universidade, sem interesse pelos rapazes da sua idade, sempre se sentindo atraída por homens mais velhos. Ela teve casos com seus professores, na maioria ligações passageiras. Apenas um deles foi mais sério. Ele quis deixar a mulher, mas esta tomou remédios, em uma tentativa de suicídio. Não sei se verdadeira ou se tudo não passou de uma grande encenação para salvar o casamento.

— De toda maneira, houve um escândalo. O campus inteiro tomou conhecimento, mesmo sem o registro formal do caso. Isso explica por que Wendy abandonou a universidade, poucos meses antes da graduação. Realmente, ela não poderia ficar ali, de maneira alguma.

— Claro que não.

— Também explica por que a universidade não ficou nem um pouco preocupada quando ela sumiu. Eu me perguntei sobre isso. Pelo que você havia dito, a atitude deles foi bastante displicente. Evidentemente eles precisavam avisar que ela tinha sumido, mas não estavam preparados para dizer o motivo.

— Estou entendendo.

— Ela foi para Nova York, como você sabe. Quase imediatamente, passou a se envolver com homens mais velhos. Um deles a levou a Miami. Eu poderia lhe dizer o seu nome, mas não importa. Ele morreu há poucos anos. É difícil saber agora quão importante foi o seu papel na vida de Wendy. Além de levá-la a Miami, ele deixou que ela usasse seu nome quando foi alugar o apartamento. Wendy deu o nome da empresa dele como referência de local de trabalho, no formulário da imobiliária. E ele confirmou toda a história.

— Ele também pagava o aluguel?

— É possível. Se ele pagou todo ou parte do sustento dela, naquele período, isso é algo que somente os dois poderiam dizer. Se você quer o meu palpite, o envolvimento dela com ele não era exclusivo.

— Havia outros homens na vida dela, ao mesmo tempo?

— Acho que sim. Esse homem, em particular, era casado e vivia no subúrbio com a família. Duvido que ele pudesse passar muito tempo com ela, mesmo se um dos dois assim o desejasse. E tenho a impressão que ela era muito astuciosa para se envolver com um único cara. Deve ter sido um choque enorme quando a mulher do professor tomou os remédios. Se ele estava tão fascinado por Wendy a ponto de abandonar a família, ela estava provavelmente comprometida com ele, ou pensou que estava. Depois que tudo foi por água abaixo, ela teve o cuidado de não investir totalmente em um único homem.

— Desde aí ela decidiu ter vários?

— Sim.

— Você está seguro do que diz? Isso é um fato ou uma suposição?

— Essa é a verdade. — Contei a ele um pouco sobre Marcia Maisel e como ela veio a saber das atividades de Wendy. Só omiti que Marcia também experimentou a profissão.

Ele abaixou a cabeça e os seus ombros caíram um pouco, em sinal de desânimo. — Então os jornais estavam certos — lamentou. — Ela era uma prostituta.

— Uma espécie de prostituta.

— O que isso quer dizer? É como a gravidez, não é? Ou você é ou não é.

— Eu acho que tem mais a ver com a honestidade.

— Como?

— Algumas pessoas são mais honestas do que outras.

— Sempre pensei que a honestidade também fosse inequívoca.

— Talvez seja. Eu acho que há níveis diferentes.

— E existiriam níveis diferentes de prostituição?

— Eu diria que sim. Wendy não andava nas ruas. Não

estava oferecendo artifícios ou truques diversos. Não estava dando dinheiro a nenhum cafetão.

— Não era esse o papel daquele garoto, o Vanderpoel?

— Não. Eu vou chegar a ele. — Fechei os olhos, por um instante. Abri-os e revelei: — Não há como saber ao certo, mas eu duvido que Wendy tenha partido para ser uma prostituta. Provavelmente, ela aceitou dinheiro de muitos homens, antes que pudesse se denominar como tal.

— Não estou acompanhando o seu raciocínio.

— Vamos supor que um homem a convidou para jantar, levou-a para casa e acabou indo para a cama com ela. Ao sair, ele lhe deu uma nota de vinte dólares, dizendo algo como "Queria lhe oferecer muitas flores ou lhe comprar um presente. Por isso vou deixar este dinheiro para que você escolha algo do seu gosto". Talvez, nas primeiras vezes em que isso aconteceu, ela tenha tentado recusar o dinheiro. Mais tarde, aprendeu a esperar por ele.

— Entendo.

— Não demoraria para que ela começasse a receber telefonemas de homens que não conhecia. Muitos caras gostam de passar adiante os números de telefone de garotas. Para alguns, é um ato de caridade. Outros pensam que, dessa maneira, engrandecem a sua própria imagem. "Ela é uma ótima menina. Não é exatamente uma garota de programa, mas lhe dê alguns dólares depois, porque ela não tem um trabalho e é duro para uma moça se virar numa cidade grande." Então, um dia você se levanta pela manhã e se dá conta de que é uma prostituta, pelo menos de acordo com a definição do termo no dicionário. Só que já está tão acostumada à sua maneira de viver que aquilo lhe parece normal. Tanto quanto eu pude levantar, ela nunca pediu dinheiro. Nunca encontrou mais de um homem por noite. Nunca aceitou encontros se ela não gostava do cara. Ela teria mesmo fingido dores de cabeça, quando saía com um homem para jantar e decidia não dormir com ele. Era assim que ela ganhava a vida. Mas não estava nisso só por dinheiro.

— Você quer dizer que ela fazia por prazer?

— Certamente achava tolerável. Ela não foi raptada por mercadores de escravas brancas. Poderia ter encontrado um trabalho, se quisesse. Poderia ter voltado para Utica, ou telefonado e pedido dinheiro. Se você quer saber se ela era uma ninfomaníaca, eu não conheço a resposta. Para mim, ela foi levada a isso.

— Como?

Eu me levantei e cheguei perto da sua escrivaninha. Era de mogno escuro e devia ter pelo menos cinqüenta anos. Estava bem-arrumada. Havia um mata-borrão com um cabo de couro, uma caixa com duas prateleiras para entrada e saída de papéis, um peso e dois porta-retratos. Ele me observou pegando as duas fotografias e olhando para elas. Uma era de uma mulher de uns quarenta anos, os seus olhos fora de foco, um vago sorriso nos lábios. Eu senti que a expressão não era incomum. A outra foto era de Wendy, os cabelos até os ombros, os olhos brilhantes e os dentes tão brancos que serviriam como publicidade de um dentifrício.

— Quando foram tiradas?

— A de Wendy, na formatura do segundo grau.

— E esta é a sua mulher?

— Sim. Eu não sei exatamente quando essa foto foi tirada. Talvez há seis ou sete anos.

— Não vejo semelhança entre elas.

— Não. Wendy puxou ao pai.

— Blohr.

— Sim. Eu nunca o encontrei. Me disseram que ela lembra bastante o pai. Eu não poderia dizer que sim ou que não. Pelo que ouvi, são parecidos.

Recoloquei a foto da sra. Hanniford no lugar. Olhei nos olhos de Wendy. Eu e ela tínhamos nos tornado bastante íntimos, nesses poucos dias. Provavelmente eu sabia mais sobre ela do que ela gostaria.

— Você disse que Wendy pode ter sido levada a essa vida?

Concordei com a cabeça.

— Por que pensa assim?

Devolvi a outra foto à escrivaninha. Observei Hanniford tentando evitar os olhos de Wendy. Ele não conseguiu. Olhou para eles e piscou.

— Eu não sou psicólogo, psiquiatra, nada disso. Sou apenas alguém que já foi um policial.

— Eu sei disso.

— Sou capaz de formular hipóteses. Poderia imaginar, por exemplo, que ela tentava encontrar o pai nos outros homens. Ela queria ser a filha de alguém e eles queriam sempre transar com ela. Wendy aceitava porque era isso que o seu pai havia feito: ele engravidou sua mãe e foi para a Coréia. Depois, nunca mais ninguém ouviu falar nele. Ele era casado, mas isso também estava certo, porque ela se sentia atraída pelos caras comprometidos. Poderia ser arriscado procurar muito por ele porque, se ele se apaixonasse, sua mãe poderia engolir uma porção de remédios. Por essa razão era mais seguro para todos que seu pai lhe desse apenas dinheiro. Nesse caso, tudo seria uma questão de "pagou-levou": papai não ficaria todo o tempo em cima de você, mamãe não se encheria de pílulas e você não teria de ir embora. Eu não sou psiquiatra e não sei se essa é ou não a maneira descrita pelos tratados. Também nunca encontrei Wendy. Só entrei na sua vida após sua morte. Você tem alguma coisa para beber?

— Perdão?

— Você tem alguma bebida por aqui? Algo como bourbon?

— Acho que há uma garrafa de alguma coisa lá no armário.

Como alguém pode não saber se há ou não alguma bebida à sua volta?

— Pegue-a.

Seu rosto passou por algumas transformações curiosas. Começou se perguntando por que diabo eu lhe dava ordens; logo, porém, se deu conta de que a questão era irrelevante. Levantou-se e foi até o armário.

— Tenho Canadian Club — anunciou.

— Está bem.

— Acredito que eu não tenha nada para misturar.

— Sem problema. Traga somente a garrafa e um copo.

Ele trouxe a bebida e ficou observando, com interesse, eu derramar o uísque até dois terços do copo. Bebi mais ou menos a metade e coloquei o copo em cima da escrivaninha. Mas, peguei-o de volta imediatamente, porque poderia deixar uma marca. Fiz então uns movimentos de hesitação que ele interpretou e me deu uns papéis de mensagem para servir de descanso.

— Scudder?

— Sim?

— Você acha que um psiquiatra poderia tê-la ajudado?

— Não sei. Talvez ela tenha procurado algum. Não achei nada no seu apartamento que desse uma pista, mas é possível. Acho que ela estava se cuidando.

— Vivendo da maneira como vivia?

— Hã-hã. Sua vida era estável. De fora, pode não parecer, mas eu acho que era. É por isso que ela dividiu o apartamento com Maisel. E pela mesma razão depois se juntou a Vanderpoel. O seu espaço era muito arrumado. Os móveis, bem escolhidos. Um lugar para se viver. Acho que os homens representaram uma etapa na sua vida. Ela começava a ter consciência de que sua sobrevivência física e espiritual dependia deles. Mas essa situação não duraria para sempre. Wendy iria batalhar para não precisar mais de ninguém. — Bebi um pouco mais de uísque. Era um pouco doce, para o meu gosto, e um tanto suave, mas desceu bem assim mesmo.

Continuei informando: — De certa maneira, eu descobri mais sobre Vanderpoel do que sobre Wendy. Uma das pessoas com quem falei disse-me que todos os filhos de pastor eram malucos. Não sei se é verdade. Na minha visão, eles têm uma vida difícil. O pai de Richie, por exemplo, é um tipo muito formal. Duro, frio. Duvido que tenha transmitido calor humano ao garoto. A mãe dele se matou quando ele tinha cinco anos. Nenhum irmão ou irmã, somente o pai e uma governanta, numa casa paroquial que poderia servir de mausoléu. Ele cresceu com sentimentos ambíguos sobre os seus pais. Os seus sentimentos nessa área complementavam, muito de perto, os de Wendy. É por isso que eles eram tão bons um para o outro.

— Bons um para o outro?

— É.

— Pelo amor de Deus, ele a matou!

— Eles eram bons um para o outro, asseguro. Ela era uma mulher de quem ele não tinha medo e ele, um homem que ela não poderia confundir com o seu pai. Foram capazes de ter uma vida doméstica juntos, o que lhes deu uma sensação de segurança, como eles nunca haviam conhecido. E não existiam relações sexuais para complicar as coisas.

— Eles não dormiam juntos?

Fiz que não com a cabeça. — Richie era homossexual. Pelo menos tinha os seus casos, antes de ir morar com sua filha. Não gostava muito disso, nem se sentia confortável. Wendy lhe deu uma oportunidade de sair daquela vida. Ele poderia viver com uma mulher sem ter de demonstrar a sua masculinidade, porque ela não o queria como amante. Depois que a encontrou, ele parou de circular pelos bares gays. E ela também já não fazia tantos programas noturnos. Não poderia provar isso, mas, no início, ela vivia saindo para jantar fora. Quando vi a cozinha do seu apartamento, ela estava abarrotada. Penso que Richie preparava o jantar para eles quase toda noite. Há pouco, comentei que Wendy estava se preparando para mudar de vida. Na verdade, acho que os dois desejavam isso. Talvez até começassem a dormir juntos. Talvez Wendy arranjasse um trabalho e parasse de dormir com homens profissionalmente. São hipóteses, é verdade, mas não me surpreenderia se eles se casassem e o casamento desse certo.

— Agora você está exagerando.

— Pode ser.

— Você fala como se eles estivessem apaixonados.

— Não sei se estavam apaixonados. Na verdade, acho que eles se amavam.

Ele pegou os óculos, colocou-os e tirou-os novamente. E me serviu mais uma dose de uísque. Depois, ficou ali sentado, olhando para as suas mãos longamente. De vez em quando, seus olhos iam até as duas fotografias em cima da escrivaninha.

Finalmente, perguntou:

— Então, por que ele a matou?

— Não tenho resposta. Ele não tinha memória alguma do ato, e a cena inteira ficou misturada com as da morte da mãe. De qualquer maneira, a sua questão não é esta.

— Não?

— Claro que não. O que você quer saber é qual foi a sua parcela de culpa.

Ele não disse nada.

— Alguma coisa aconteceu na última vez em que você viu sua filha. Quer me contar?

No começo ele resistiu. Depois de alguns minutos pareceu criar um novo ânimo. Falou vagamente do tipo de criança que ela foi: muito brilhante, afetuosa e como ele a amava.

— Quando Wendy tinha, é difícil lembrar ao certo, acho que oito ou nove anos, ela gostava de sentar no meu colo, me dava abraços e beijos. Numa dessas vezes, ela se mexeu um pouco mais e...

Ele se interrompeu, por um minuto. Eu fiquei calado.

— Não sei como isso aconteceu, mas... oh, meu Deus.

— Calma.

— Eu fiquei excitado. Fisicamente excitado.

— Acontece.

— Acontece? — Seu rosto parecia uma imagem distorcida por um espelho defeituoso. — Eu não podia... eu não podia nem imaginar isso. Eu estava tão enojado comigo mesmo. Eu a amava como a uma filha, pelo menos foi o que sempre pensei sentir por ela, e surpreender-me tendo essa reação...

— Não sou um especialista, senhor Hanniford, mas acho isso natural; apenas uma reação física. Algumas pessoas têm ereção andando de trem.

— Era mais do que isso.

— Talvez.

— Era, Scudder. Fiquei aterrorizado com o que eu vi em mim. Aterrorizado com as implicações e o mal que aquilo poderia fazer a Wendy. Então, naquele dia, eu tomei uma decisão consciente: parei de ficar tão próximo dela. — Ele abaixou os olhos. — Afastei-me. Obriguei-me a limitar a minha afeição por ela. Quero dizer: a afeição expressa. Talvez a afeição que eu sentia também. Houve menos abraços, menos beijos, menos afagos. Eu estava determinado a não deixar que aquele incidente se repetisse.

Ele suspirou e olhou-me nos olhos: — Dá para você estimar quanto isso pesou, Scudder ?

— Um pouco. Eu pensei que poderia até ter ido mais longe.

— Não sou um animal.

— As pessoas fazem coisas em que você não acreditaria. O que aconteceu na última vez em que você viu Wendy?

— Nunca falei sobre isso com ninguém. Por que seria diferente com você?

— Você não é obrigado. Mas se quiser...

— Eu? — Ele suspirou novamente. — Numa folga na universidade, Wendy veio nos visitar. Não sei explicar, mas já havia alguma coisa diferente nela. Talvez já estivesse envolvida com homens mais velhos.

— Sim.

— Ela voltou tarde uma noite. Havia saído sozinha. Talvez tenha se deixado abordar por alguém. Não sei. — Fechou os olhos e rememorou a cena: — Eu estava acordado quando ela chegou em casa. Não de propósito. Minha mulher tinha ido dormir mais cedo e eu queria terminar um livro. Wendy parecia ter bebido, quando entrou estava alegre, um pouco zonza.

— Naquela noite, eu vi um lado dela que não conhecia. Ela... ela me fez propostas.

— Assim... diretamente?

— Perguntou se eu queria ir para a cama com ela. Disse... coisas obscenas. Descreveu atos que queria fazer comigo. Tentou me agarrar.

— O que você fez?

— Eu a esbofeteei.

— Entendo.

— Disse-lhe que estava bêbada e a mandei para o quarto. Não sei se o tapa a deixou sóbria, mas uma sombra passou pelo seu rosto e ela virou as costas sem dizer uma palavra e subiu as escadas. Eu não sabia como agir. Pensei em procurá-la e dizer que estava tudo bem, que ela esquecesse aquilo. Só que acabei não fazendo nada. Depois de uma hora de indecisão, fui também para a cama. — Ele levantou os olhos. — De manhã, nós dois fingimos que nada havia acontecido.

Bebi o que estava no meu copo. Agora, as peças se encaixavam.

— O motivo pelo qual eu não a procurei... A maneira como ela agiu fez com que eu me sentisse mal. Enojado. Mas algo me excitava.

Acompanhei seu desabafo.

— Não estou seguro se eu poderia confiar em mim para ir até o seu quarto naquela noite, Scudder.

— Nada teria acontecido.

— Como você sabe?

— Todo mundo tem pequenas partes ruins dentro de

si. São os que não têm consciência disso os que perdem o controle. Você foi capaz de ver o que estava acontecendo. Isso fez com que mantivesse o limite.

— Talvez.

Depois de um momento, me manifestei: — Não acho que você deva se culpar. Parece que tudo já estava em movimento antes que você pudesse fazer alguma coisa. Não foi um gesto unilateral, quando você respondeu fisicamente aos carinhos de Wendy no seu colo. Ela estava se comportando de maneira sedutora, embora eu ache que ela não tinha consciência disso naquela época. Tudo se encaixa: a competição com a mãe e a busca do pai dentro de cada homem mais velho por quem ela se sentia atraída. Muitas garotas tentam seduzir professores, sabe? A maioria deles aprende a desencorajar esse tipo de comportamento. Wendy teve uma taxa bem alta de sucesso. Evidentemente, era muita boa nisso.

— É engraçado.

— O quê?

— Antes, você a descrevia como uma vítima. Agora, ela parece uma vilã.

— Todo mundo tem os dois lados.

Nenhum de nós tinha muito a dizer, a caminho do aeroporto. Ele parecia mais relaxado do que antes, mas não havia maneira de saber quanto isso era somente uma aparência. Se eu trouxe algum bem, foi menos pelo que fiz e mais por tê-lo levado a falar. Existem padres e psiquiatras que o escutariam e provavelmente poderiam ajudá-lo mais do que eu. No entanto, eu fui o escolhido.

A um certo ponto, comentei: — Qualquer que seja a culpa que você decidiu se atribuir, lembre-se de uma coisa: Wendy estava no processo de tomar o caminho certo. Não sei quanto tempo ela levaria para encontrar uma maneira mais limpa de ganhar a vida, mas parece que isso já estava próximo.

— Você não pode ter certeza disso.

— Nem tampouco posso provar.

— Isso torna tudo pior, não é verdade? Torna tudo mais trágico.

— Torna tudo mais trágico. Eu não sei se é melhor ou pior.

— O quê? Ah, entendo. É uma distinção interessante.

Fui até o balcão da Allegheny. O vôo para Nova York sairia dentro de uma hora. Fiz a reserva. Quando me virei para trás, Hanniford estava de pé, junto a mim, com um cheque na mão. Como eu não toquei em assunto de dinheiro, ele queria saber o que seria um pagamento justo. Disse que estava satisfeito com o meu trabalho e queria me dar um bônus.

Eu não sabia o que seria um pagamento justo. Mas lembrei-me do que havia dito a Lewis Pankow: quando alguém lhe der um dinheiro, pegue. Eu aceitei.

Não desdobrei o cheque até entrar no avião. Era de mil dólares. Eu ainda não sei bem por que ganhei o presente.

14

No meu quarto de hotel, abri uma edição popular de um dicionário de santos e folheei-o. Surpreendi-me lendo sobre Santa Maria Goretti, que nasceu na Itália em 1890. Quando ela estava com doze anos, um homem começou a dar em cima dela. Tentou violentá-la e ameaçou matá-la, se ela resistisse. Ela resistiu e ele cumpriu a ameaça, esfaqueando-a várias vezes. Santa Maria Goretti morreu em vinte e quatro horas.

Fiquei sabendo que, depois de oito anos de prisão sem demonstrar arrependimento, o criminoso mudou de atitude. Ele ganhou a liberdade no fim de vinte e sete anos e, no Natal de 1937, recebeu a comunhão ao lado da mãe de Maria, uma viúva. Desde então, seu exemplo é lembrado por aqueles que se opõem à pena de morte.

Sempre acho algo de interessante nesse livro.

Jantei em um restaurante ao lado do hotel, mas não estava com muito apetite. O garçom propôs que eu levasse a sobra da carne para casa, mas agradeci a oferta.

Então eu fui até o Armstrong's, na esquina, e escolhi uma mesa de canto, onde tudo havia começado, apenas alguns dias antes. Cale Hanniford entrou na minha vida na terça-feira e agora era sábado. Parecia ter sido havia muito mais tempo.

Beberiquei bourbon e café enquanto relembrava fatos e pessoas da história. Teve o dia em que Richie Vanderpoel e Wendy Hanniford se encontraram, e isso deve ter sido, de alguma maneira, um marco importante. Talvez os desenlaces de cada um já estivessem determinados antes do encontro dos dois, arranjado de maneira a que os destinos de ambos se completassem. É possível também que tudo tenha começado ainda mais atrás, com as mortes de Robert Blohr, na Coréia, e da sra. Vanderpoel, cortando os pulsos na banheira.

Pode até ser culpa de Eva, ao se meter com maçãs. Uma coisa perigosa, dado o conhecimento que a humanidade tem do bem e do mal. E a sua capacidade de fazer as escolhas erradas, quando chega o momento.

— Paga um drinque para uma dama?

Levantei os olhos e vi Trina, vestida sem o uniforme, com um sorriso que encolheu quando examinou meu rosto. — Onde você estava?

— Em busca de pensamentos íntimos.

— Quer ficar sozinho?

— É a última coisa que eu quero. Aceita um drinque?

— Adoraria.

Acenei para o garçom e pedi um stinger para ela e outro bourbon para mim. Trina me contou sobre uns clientes estranhos que apareceram por ali, na noite anterior. Ficamos conversando, durante algumas doses. Então ela estendeu a mão e tocou no meu queixo.

— Você não me parece bem, Matt. Problemas?

— Meu dia não foi fácil. Voei para o interior e tive uma conversa nada divertida.

— Ainda aquela história do outro dia?

— Eu falei com você sobre isso? Sim, acho que é a mesma.

— Quer continuar o assunto?

— Talvez um pouco mais tarde.

— Claro.

Por um momento, ficamos em silêncio. O lugar estava vazio, como vinha acontecendo aos sábados. De repente, dois rapazes entraram e foram até o balcão. Eu não os reconheci.

— Algo errado, Matt?

Não lhe respondi. Com os olhos, acompanhei os caras que pediam cerveja. Assim que saíram, deixei escapar um suspiro, involuntariamente.

— O que foi?

— Apenas um reflexo. Pensei que o lugar seria assaltado e fiquei nervoso.

— Claro. — A sua mão cobriu a minha. — Está ficando tarde — comentou.

— Está?

— Você me levaria até em casa? Fica a uns dois quarteirões daqui.

Ela morava no décimo andar de um edifício novo, na rua 57, entre a Nona e a Décima Avenida. O porteiro acordou a tempo de lhe dar um sorriso. — Devo ter alguma bebida lá em cima — revelou. — E posso fazer um café melhor do que o do Jimmie. Quer subir?

— Gostaria.

O seu apartamento era um estúdio: uma sala grande e uma alcova com uma cama estreita. Ela me mostrou onde pendurar o casaco e colocou um som. Em seguida, preparou dois drinques para nós. Aconchegou-se em um sofá vermelho confortável e eu me sentei em uma poltrona cinza.

— Bem simpático, o seu cantinho.

— Está ficando. Ainda faltam alguns quadros... Também quero trocar os móveis. Mas por enquanto está bom.

— Há quanto tempo você mora aqui?

— Desde outubro. Eu vivia na parte norte da cidade e detestava pegar táxi para ir e voltar do trabalho.

— Você já foi casada, Trina?

— Por quase três anos. Estou divorciada há quatro.

— Ainda vê seu ex-marido?

— Eu não sei nem em que estado ele vive, no momento. Acho que na Costa Oeste, mas não tenho certeza. Por quê?

— Curiosidade. Você teve filhos?

— Não. Ele não queria. Depois, quando as coisas começaram a degringolar, achei que foi melhor assim. E você?

— Tenho dois meninos.

— Deve ser duro ficar longe deles.

— A gente procura se ver, sempre que dá.

— Matt? O que você teria feito se fosse mesmo um assalto naquela hora?

Pensei na pergunta. — Provavelmente, nada. Por quê?

— Queria ter um espelho para que você visse a sua cara. Parecia um gato preparando o salto.

— Reflexos.

— Também, todos esses anos como policial.

— É, acho que a gente não esquece os hábitos.

Ela acendeu um cigarro. Peguei a garrafa e completei nossos drinques. Logo em seguida, eu me pus ao seu lado no sofá e comecei a falar sobre Wendy, Richard e outros personagens da trama. Não sei se foi ela, a bebida, ou uma combinação das duas coisas que fez a história fluir.

— Foi delicada a conversa com o senhor Hanniford. Ele estava temeroso do que poderia ter feito a Wendy: ou porque limitou seu afeto por ela, ou porque se comportou, mesmo sem querer, de maneira sedutora. E depois as condições em que a filha morreu... Tive dúvida se deveria revelar tudo a ele.

— Bem, ele já sabia de tudo, não é, Matt?

— Acho que ele sabia o que queria saber.

— Não estou entendendo.

Ia começar a explicação, mas desisti. Pus mais bebida nos dois copos. Ela olhou para mim: — Tentando me embebedar?

— Tentando nos embebedar — corrigi.

— Acho que está funcionando, Matt.

Eu estava a fim de conversar aquela noite. — É difícil saber com que direito uma pessoa faz alguma coisa. Eu devo ter ficado na polícia muito tempo. Talvez nunca devesse ter saído de lá. Dá para entender?

Ela desviou o olhar.

— Bem, se o incidente não tivesse acontecido, será que eu teria abandonado a profissão do mesmo jeito? Eu sempre me perguntei isso. Havia uma grande segurança no trabalho com a polícia. Eu não estou falando de segurança profissional, mas sim da emocional. Não existiam muitas dúvidas e as que apareciam tinham, muito provavelmente, respostas óbvias, ou pelo menos pareciam assim, na ocasião. Deixe-me contar uma história que aconteceu dez anos atrás. Talvez doze. Também ocorreu no Village e envolvia uma garota de uns vinte anos. Ela foi violentada e assassinada em seu apartamento, com meias de náilon amarradas em torno do pescoço. — Trina estremeceu. — Ora, não se tratava de um caso comum: não havia ninguém correndo pelas ruas, coberto de sangue. Era um desses casos em que você insiste na investigação, levantando todo mundo que tenha feito a menor ameaça à garota. O pessoal do prédio, do trabalho, todo homem que teve qualquer tipo de papel na sua vida. Deus meu, a gente deve ter falado com bem mais de cem pessoas. Bem, havia um cara de quem não gostei desde o início. Um filho-da-puta enorme, musculoso: era o síndico do edifício onde ela morava. Ex-marinheiro, que foi expulso por mau comportamento. Nós tínhamos uma folha de ocorrências imensa com o nome dele. Duas prisões por agressão. Em ambas, as vítimas desistiram das acusações. Os reclamantes, nos dois casos, eram mulheres. Tudo isso justificava uma investigação detalhada. Foi o que fizemos. E quanto mais a gente avançava, mais eu sabia que o filho-da-puta era culpado. Às vezes, você simplesmente sabe. Mas ele havia se protegido. Sua mulher estava preparada para jurar sobre uma pilha de bíblias que ele havia passado o dia inteiro do crime sob as suas vistas. Por outro lado, não tínhamos nenhuma prova que o incriminasse. Nada. Nem mesmo a porcaria de uma impressão digital. E mesmo se tivéssemos, ele alegaria que entrou no apartamento da garota, a pedido dela, para fazer algum conserto. Afinal, podia. Era síndico A gente não tinha uma prova, nada, apenas intuição. E nenhum promotor sonharia em apresentar aquele caso diante de um júri. Então, passamos a investigar outras pessoas que poderiam ter cometido o crime. E, naturalmente, não chegamos a lugar algum. Isso significava que o caso seria encerrado por insuficiência de provas. — Levantei e atravessei a sala. — Mas a gente tinha quase certeza de que ele era culpado e isso nos deixava loucos. Não sei quantas pessoas por ano escapam de ser acusadas justamente por assassinato. Muito mais do que se imagina. Como no caso desse Ruddle. Jacob Ruddle. E a gente, impotente, de mãos amarradas, sem poder fazer nada. O caso já estava classificado como em aberto, e meu colega e eu continuávamos com a história na cabeça. Não havia um só dia em que a gente não tocasse no assunto, pensando num jeito de reabrir o processo. Até que tivemos uma idéia: fomos até Ruddle e perguntamos se ele se submeteria a um detector de mentiras.

— Um detector de mentiras?

— Isso mesmo. Fomos honestos com ele. Dissemos que ele poderia recusar o teste e também esclarecemos que o resultado não poderia contar como prova contra ele, o que é verdade. Não sei se é uma boa coisa, mas é a lei. Ele concordou em fazer o teste. Não me pergunte por quê. Talvez pensasse que pareceria suspeito recusar, embora ele conhecesse a nossa opinião. Ou talvez achasse que venceria a máquina. Bem, ele foi para o teste; e eu me assegurei de que tivéssemos o melhor operador. Nem preciso dizer que o resultado foi justamente o esperado.

— Ele era culpado?

— Sem dúvida alguma. Ele ficou totalmente encurralado e a gente de mãos amarradas. Quando contei o resultado, ele ainda foi irônico: "Bem, essas máquinas devem cometer alguns erros, de vez em quando, não é?". E ele me olhou diretamente nos olhos, com toda a segurança de quem sabe que não havia nada neste mundo que eu pudesse fazer.

— Meu Deus.

Fiz o caminho de volta e sentei ao lado dela novamente. Bebi um pouco do meu drinque e fechei os olhos por um instante, lembrando-me dos olhos daquele miserável.

— E o que aconteceu?

— Reviramos o processo inúmeras vezes. Sem sucesso, meu colega chegou até a pensar em jogá-lo no rio.

— Você quer dizer: matá-lo?

— Matá-lo, colocá-lo em cimento e jogá-lo em algum lugar do Hudson.

— Você não faria uma coisa dessas.

— Não sei. Eu poderia ter seguido a sugestão. Veja bem, ele matou aquela moça e era um candidato plausível a repetir a façanha, mais cedo ou mais tarde. Puxa! Não era somente isso. Saber que ele era culpado e mandar o canalha de volta para casa era demais! Jogá-lo no rio começava a parecer uma idéia magnífica. E eu talvez até fizesse isso, se não tivesse me lembrado de outra coisa.

— O quê?

— Eu tinha um amigo no Esquadrão Antidrogas. Procurei-o, dizendo que precisava de heroína, um bocado de heroína, e prometi devolver tudo. Daí, uma tarde em que Ruddle e sua mulher estavam fora do apartamento, entrei e mexi naquele lugar como nunca nenhum outro poderia ter feito. Atochei heroína no tubo em que se penduram as toalhas. Meti uma lata cheia de droga na caixa de descarga e coloquei aquela porcaria em todos os esconderijos mais óbvios que eu pude encontrar. Então, voltei a procurar o meu amigo da divisão de narcóticos e passei o endereço onde ele faria uma apreensão da pesada. E ele fez. Certinho, com mandado e tudo, e Ruddle já estava engaiolado em Dannemora, no norte do estado, quando se deu conta do que tinha acontecido com ele. Sua única defesa era dizer que não tinha nenhuma idéia de como a heroína tinha ido parar na sua casa. Não é de admirar que o júri não tenha gastado uma noite inteira tentando resolver esse problema. Quando fui vê-lo, falei: "Pena que você não possa se submeter a um detector de mentiras, Ruddle. Isso faria as pessoas acreditarem em você". Ele ficou olhando para mim, ciente agora de que eu tinha preparado a armação. E, para variar, ele não podia fazer nada.

— Meu Deus.

— Ele pegou dez a vinte anos por posse e venda de drogas. Três anos depois da sentença, ele se meteu numa briga com outro detento e morreu esfaqueado.

— Que horror.

— O fato é que eu me pergunto, agora, até que ponto a gente tem o direito de reverter as coisas dessa maneira. Nós tínhamos o direito de armar aquilo para ele? Eu não poderia deixá-lo livre? Existiria outra maneira de detê-lo? A gente tinha o direito de jogá-lo no rio? São perguntas difíceis de responder. Deve existir uma linha divisória em algum lugar... O problema é saber onde traçá-la.

Um pouco mais tarde ela disse que estava quase na hora de ela ir para a cama.

— Já vou indo — falei.

— A não ser que prefira ficar.

No fim, verificou-se que fizemos bem um ao outro. Durante um certo tempo todas as questões difíceis sumiram, escondidas em lugares sombrios.

Depois ela disse que gostaria que eu ficasse. — De manhã, preparo café para nós dois.

— Ótimo.

Depois, cheia de sono, ela quis saber: — Matt? Aquela história que você estava contando... Sobre o Ruddle...

— Hã-hã.

— Como você chegou àquela conclusão?

Eu até que estava com vontade de contar a ela, provavelmente pela mesma razão que me levara a contar-lhe a história. Mas parte do que eu precisava fazer era não contar a ela, do mesmo modo como não contara a Cale Hanniford.

— A semelhança entre os casos, só isso — esclareci. — O fato de que era outro caso de garota violentada e assassinada no Village; e um caso me fez pensar no outro.

Ela balbuciou alguma coisa que eu não entendi. Quando tive certeza de que ela estava dormindo profundamente, escorreguei para fora da cama e me vesti. Andei alguns quarteirões até o meu hotel e subi para o quarto.

Achei que teria dificuldade para dormir, mas o sono chegou mais depressa do que eu esperava.

15

O serviço religioso já havia começado quando eu cheguei. Peguei um livrinho preto em uma pilha e procurei um lugar mais atrás, na igreja. Perdi o primeiro hino. Agora ia começar a leitura da Palavra de Deus.

Ele parecia mais alto do que eu lembrava. Talvez o púlpito contribuísse para essa impressão de altura. Sua voz era forte e autoritária. Ele falava dos Mandamentos com certeza absoluta:

— *E Deus falou estas palavras: Eu sou o Senhor, vosso Deus, o que vos trouxe da terra do Egito, libertos do lugar de cativeiro.*

— *Não há outro Deus, além de Mim.*

— *Não construir imagens gravadas, ou nada que se assemelhe a coisas que estejam acima, no céu; ou que estejam aqui embaixo, na terra; ou que estejam na água, abaixo da terra. Não deveis reverenciá-las, nem servi-las, porque Eu sou o vosso Deus, um Deus zeloso, que pune a iniqüidade dos pais até a terceira e a quarta geração dos que Me odeiam. Mas que também mostra misericórdia aos milhares que Me amam e guardam os Meus mandamentos.*

A sala não estava lotada. Talvez tivesse umas oitenta pessoas. A maioria da minha idade ou mais velha e somente uns poucos grupos de famílias com filhos. A igreja poderia acomodar quatro ou cinco vezes o número de participantes. Eu imaginei que a maioria da congregação tenha feito a peregrinação para os subúrbios, nos últimos vinte anos, os seus lugares foram tomados por irlandeses e italianos, cujos antigos bairros contam agora com negros e porto-riquenhos.

— *Honrarás a vosso pai e a vossa mãe e que possam ser longos os dias concedidos a eles na terra por Deus.*

Será que tinha mais gente na assistência hoje do que o normal? O pastor passou por uma grande tragédia pessoal. Ele não conduziu o culto no domingo anterior. Esta seria a primeira oportunidade que eles teriam de observá-lo, desde o assassinato e o suicídio. A curiosidade teria mobilizado mais gente para ir à igreja? Ou a discrição, o embaraço — e o ar frio da manhã — os mantiveram em casa?

— *Não matarás.*

Afirmações inequívocas, esses mandamentos. Eles não toleram discussão. Não é: "Não matarás, exceto em circunstâncias especiais".

— *Não cometerás adultério... Não levantarás falso testemunho contra o vosso vizinho.*

Esfreguei um ponto que vibrava na minha fronte. Ele poderia me ver? Lembrei-me das lentes grossas e deduzi que não. Eu estava muito atrás, bem na lateral.

— *Ouçam o que Nosso Senhor Jesus Cristo diz: Amarás a Deus Todo-Poderoso de todo vosso coração, com toda vossa alma, com toda vossa força. Este é o primeiro e mais importante mandamento. E o segundo é semelhante ao primeiro. Amarás o vosso próximo como a vós mesmos. Toda a lei e os profetas dependem desses dois mandamentos.*

Nós nos levantamos e cantamos um salmo.

O serviço demorou um pouco mais de uma hora. A leitura do Velho Testamento foi de Isaías e a do Novo Testamento foi de Marcos. Depois vieram dois hinos intercalados por uma oração. A coleta foi feita e consagrada. Contribuí com cinco dólares.

Como anunciado, o sermão foi sobre O Caminho para o Inferno é Cheio de Boas Intenções. Martin Vanderpoel lembrou que para nós não era suficiente agir com os melhores propósitos e objetivos justos, porque os melhores propósitos poderiam ser traídos por ações que não fossem boas e justas em si.

Não prestei muita atenção em como ele elaborou essa idéia, porque a minha mente fixou-se na tese central e ficou jogando com ela. Eu me perguntei se era pior para os homens fazer coisas erradas pelos motivos certos, ou coisas corretas pelos motivos errados. Não foi a primeira nem a última vez que pensei no assunto.

Nós estávamos de pé. Ele mantinha os braços abertos, a sua toga pendurada como as asas de um pássaro enorme, e a voz vibrante e ressonante:

— *A paz do Senhor, que está além de todo entendimento, conserve as vossas mentes e os vossos corações no conhecimento e no amor de Deus e do Seu Filho, Jesus Cristo Nosso Senhor. E a bênção de Deus Todo-Poderoso, o Pai, o Filho e o Espírito Santo esteja sempre entre nós. Amém.*

Amém.

Poucas pessoas saíram da igreja sem trocar algumas palavras com o reverendo Vanderpoel. O maioria formou uma fila para um aperto de mão. Eu me coloquei no fim da fila. Quando chegou a minha vez, Vanderpoel piscou ao me ver. Sabia que o meu rosto era familiar, mas a princípio não me reconheceu.

Mas a lembrança logo chegou. — O senhor por aqui? Não esperava vê-lo nos nossos serviços, senhor Scudder.

— Foi agradável a cerimônia.

— Fico contente em saber que gostou. Não imaginei que o nosso breve encontro pudesse levá-lo a procurar Deus. — Ele olhou por cima do meu ombro, com um sorriso nos lábios. — Ele opera por vias misteriosas, não é verdade?

— Assim parece.

— Quem diria que essa tragédia familiar pudesse ter esse efeito sobre você! Isso pode render um tema para o sermão, um dia desses.

— Gostaria de falar com o senhor, reverendo. Em particular, se possível.

— Ah, meu caro, hoje meu dia está complicado. Imagino que você deva ter muitas questões sobre religião. Podemos combinar um dia para conversar sobre isso.

— Eu não quero falar sobre religião, reverendo.

— Ah, não?

— É sobre o seu filho e Wendy Hanniford.

— Eu já lhe disse tudo o que sabia.

— Sinto muito, mas o nosso assunto ainda não acabou. Seria melhor se pudéssemos falar agora. E tem que ser realmente em particular.

Ele me olhou intensamente e eu observei o jogo de emoções na sua face. — Muito bem — conformou-se. — Tenho algumas tarefas que precisam ser feitas, agora. Mas será rápido.

A espera não levou mais de dez minutos. Então ele me pegou amigavelmente pelo braço e me levou pela parte de trás da igreja até a casa paroquial. Terminamos na sala onde havíamos estado antes. Ele ficou novamente defronte da lareira, aquecendo os longos dedos da mão.

— Gosto de uma caneca de café depois do serviço religioso matinal. Você me acompanha?

— Não, muito obrigado.

Ele saiu da sala e voltou com café. — Bem, senhor Scudder, o que há de tão urgente? — O tom da sua voz era deliberadamente calmo, mas havia uma tensão subentendida.

— Gostei do serviço de hoje de manhã.

— Sim, o senhor falou, e eu fico feliz de ouvi-lo. No entanto...

— Eu estava esperando por um texto do Velho Testamento diferente.

— Isaías é difícil de compreender, eu concordo. Um poeta e um homem de visão. Existem alguns comentários no texto lido hoje, se você estiver interessado...

— Eu esperava que a leitura viesse do Gênesis.

— Ah, isso só vai acontecer após o Domingo de Páscoa. Mas por que o Gênesis?

— Na verdade, uma parte específica do Gênesis.

— Qual?

— O capítulo vinte e dois.

Seus olhos fecharam-se, por um momento, e ele franziu a testa, em concentração. Abriu os olhos e deu de ombros, como se desculpando: — Eu costumava ter uma boa memória para capítulos e versículos. Temo que tenha desaparecido: uma das perdas do processo de envelhecimento. Devo procurá-lo?

— Não é preciso — adiantei. — Depois desses acontecimentos, sucedeu que Deus pôs Abraão à prova e lhe disse: "*Abraão! Abraão!*". *Ele respondeu:* "*Eis-me aqui*". *Deus disse:* "*Toma teu filho, teu único filho, Isaac, e vai à terra de Moriá, e lá o oferecerás em holocausto sobre uma montanha que Eu indicarei*".

— A tentação de Abraão. *Deus proverá um cordeiro para oferecer em holocausto.* Uma passagem muito bonita. — Seus olhos se fixaram em mim: — Não é comum você citar a Bíblia, Scudder.

— Eu tinha motivo para ler essa passagem, dias atrás. Ficou na minha memória.

— Ah, é?

— Pensei que o senhor poderia me explicar essa passagem.

— Em outra ocasião, certamente. Mas não vejo razão para a urgência...

— Não vê?

Levantei-me e dei um passo na direção dele.

— Acho que o senhor vê. Acho que o senhor poderia me explicar os pontos em comum entre Abraão e o senhor. Poderia me dizer o que acontece quando Deus não provê o cordeiro para oferecer em holocausto.

— Senhor Scudder...

— O senhor poderia me dizer por que matou Wendy Hanniford? E por que deixou que Richie morresse no seu lugar?

16

— Não sei do que você está falando.

— Acho que o senhor sabe, reverendo.

— Meu filho cometeu um crime horrível. Tenho certeza de que ele não sabia o que estava fazendo, no momento do ato. Eu o perdôo pelo que ele fez e rezo para que Deus também o perdoe.

— Eu não sou uma congregação, reverendo. Sou um homem que sabe tudo aquilo que o senhor pensou que ninguém pudesse descobrir. Seu filho nunca matou ninguém.

Ele abaixou a cabeça, surpreso com a minha segurança. Sua postura parecia uma atitude de oração, embora eu achasse que ele estivesse rezando. Quando falou, seu tom era mais curioso do que defensivo. As palavras, muito próximas de uma admissão de culpa.

— O que o faz acreditar nisso, senhor Scudder?

— Muitas coisas que fiquei sabendo. E a maneira como elas se encaixaram.

— Conte-me.

Acenei com a cabeça. Eu queria mesmo me abrir com ele porque estava sentindo necessidade de falar sobre isso. Não era o caso de contar ainda para Cale Hanniford. E nem sei por que não fiz isso com Trina.

Vanderpoel era a pessoa mais indicada para me ouvir.

— O caso era óbvio. E a polícia também deve ter pensado assim. Mas eu não estava investigando um assassinato. Só queria conhecer melhor Wendy e o seu filho. E quanto mais eu descobria, mais difícil ficava aceitar a idéia de que ele a matou. Ele só foi preso porque apareceu na calçada, coberto de sangue, e se comportava de maneira histérica. Mas, se esse incidente fosse colocado de lado, a condução do caso seria outra. Ele deixou o trabalho mais cedo, naquela tarde, porque alguma coisa não lhe caiu bem no almoço. Parece que teve um problema de indigestão e seu chefe o convenceu a ir para casa. Mas pelo horário que saiu, não teria tempo suficiente para violentá-la, matá-la e correr pelas ruas. Além disso, ele não se comportou de maneira estranha, durante o dia. A única coisa diferente foi a bendita dor. Na minha opinião, ele chegou em casa, viu alguma coisa ali que o fez enlouquecer. Mas, o que seria isso? Um impulso de desejo sexual? Ora, ele vivia com a garota e poderia fazer amor com ela todo o tempo que quisesse. Mas, quanto mais eu descobria sobre ele, mais eu tinha a certeza de que isso nunca aconteceu. Eles viviam juntos, mas sem intimidade.

— O que o leva a pensar assim?

— Seu filho era homossexual.

— Não é verdade.

— Sinto muito. As evidências mostram isso.

— Relações entre homens são uma abominação aos olhos de Deus.

— Pode ser. Não sou uma autoridade no assunto. Richie era gay. Não se sentia bem com isso. Imagino que seria impossível para ele se sentir bem com qualquer forma de sexualidade. Ele tinha sentimentos ambíguos a seu respeito e a respeito da mãe, o que tornava impossível qualquer relação sexual real.

Movi-me na direção da lareira. Eu me perguntava se ela também era falsa. Voltei-me e olhei para Martin Vanderpoel. Ele não tinha mudado de posição. Ainda estava sentado, com as mãos nos joelhos e os olhos fixos no tapete.

Continuei: — A relação com Wendy parece ter estabilizado Richie. Ele pôde organizar sua vida. Acho que estava relativamente feliz. Então, uma tarde, ele volta para casa e algo faz com que se desequilibre. O que seria isso?

Ele não se manifestou.

— Ele poderia tê-la encontrado com outro homem. Mas por que isso o perturbaria tanto? Ele sabia como ela se sustentava, sabia dos encontros durante as tardes, enquanto ele estava no trabalho. Além disso, haveria algum vestígio desse homem. Ele não sairia somente correndo, quando Richie começou a cortá-la com a navalha. E onde Richie pegou a navalha? Ele usava aparelho elétrico. Ninguém de vinte anos de idade faz a barba com navalha. Alguns garotos carregam navalhas, como outros levam facas, mas Richie não era desse tipo. E o que ele fez, depois, com a navalha? Os policiais deduziram que ele a jogou pela janela, e que quem a encontrou, levou.

— Isso é plausível, senhor Scudder?

— Hã-hã. Se ele realmente tivesse uma navalha. Também é possível que ele tenha usado uma faca em vez de uma navalha. Havia uma porção delas na cozinha. Acontece que eu estive na cozinha e todas as prateleiras e gavetas estavam bem fechadas. Você não pega uma faca para trucidar alguém, em um acesso passional, e depois fecha cuidadosamente a gaveta. Há uma só maneira de aquilo fazer sentido: Richie chegou em casa e encontrou Wendy já morta ou morrendo; e ele não agüentou.

Minha dor de cabeça estava voltando novamente. Esfreguei a minha têmpora com o nó dos dedos. Não adiantou muito.

— Você me disse que a mãe de Richie morreu quando ele era criança.

— Sim.

— Mas não contou que ela havia se matado.

— Como soube disso?

— Quando alguma coisa é registrada oficialmente, reverendo, todo mundo pode ficar sabendo. Basta se dar ao trabalho de procurar. Eu não tive que cavar fundo para achar essa informação. Tudo o que fiz foi pesquisar. Sua mulher matou-se na banheira, cortando os pulsos. Ela usou uma navalha?

Ele olhou para mim.

— Sua navalha, reverendo?

— Eu não vejo a importância disso.

— Não vê? — Dei de ombros. — Richie viu a mãe dele morta numa poça de sangue. E então, catorze anos mais tarde, ele entra no apartamento da rua Bethune e acha a mulher com quem vivia morta na sua cama. Também cortada por uma navalha; também deitada numa poça de sangue. Suponho que Wendy Hanniford, de certa maneira, era uma mãe para ele. Eles devem ter representado muitos papéis substitutos, um para o outro. Wendy virou sua mãe morta, Richie não soube lidar com isso e acabou fazendo algo que, eu acho, ele nunca havia sido capaz de fazer.

— O quê?

— Richie teve relações com ela. Foi um ato de impulso, incontrolável. Ele nem chegou a tirar a roupa. Caiu em cima dela e, quando terminou, saiu correndo pelas ruas gritando com todas as forças do seu pulmão, porque a cabeça ainda registrava a cena dele mantendo relações com a mãe. E ela, agora, estava morta. O senhor pode entender o que ele pensou, reverendo? Ele pensou que tinha transado com ela, até matá-la.

— Meus Deus — ele exclamou.

Eu me perguntei se ele já havia pronunciado essa palavra com tanto pavor, alguma vez na sua vida.

A minha dor de cabeça piorou. Não tive saída a não ser pedir uma aspirina. Ele me mandou pegar no armário do banheiro do primeiro andar. Engoli duas com meio copo d'água.

Quando voltei para a sala, encontrei-o perdido em seus pensamentos. Sentei na minha cadeira e olhei para ele. Havia muito mais coisas a esclarecer, mas eu queria esperar que ele retomasse o assunto.

Isso não demorou. — É extraordinário, senhor Scudder.

— Concordo plenamente.

— Nunca considerei mesmo a possibilidade de Richie ser inocente. Simplesmente assumi que ele havia feito aquilo. Agora, se o que você pensa for verdade...

— E é.

— Então, ele morreu por nada.

— Ele morreu pelo senhor, reverendo. Ele foi o cordeiro oferecido em holocausto.

— Você não pode acreditar seriamente que eu matei aquela garota.

— Sei que foi isso que aconteceu.

— Como pode ter tanta certeza?

— O senhor esteve com Wendy na primavera.

— Sim. Eu contei isso na última vez em que você esteve aqui.

— E escolheu uma hora durante o trabalho de Richie. O senhor queria encontrar aquela garota porque o incomodava a idéia de ver seu filho vivendo em pecado.

— Eu já havia dito tudo isso.

— Sim, o senhor disse. — Respirei fundo. — Wendy Hanniford se sentia atraída por homens mais velhos, homens que, na sua cabeça, faziam o papel da figura paterna. Ela era agressiva em situações que envolviam o homem que a atraísse. Wendy seduziu vários dos seus professores na universidade. E a história se repetiu com o senhor. Não é difícil imaginar por quê. O senhor é uma figura que impõe respeito. É severo e ameaçador. E além do mais, era o pai verdadeiro de Richie, e eles estavam vivendo como irmãos. Aí ela deu em cima do senhor. Wendy era muito boa em se fazer entender. O senhor estava vulnerável. Viúvo havia muitos anos. A sua governanta pode ter sido muito eficiente nas tarefas domésticas, mas não seria a mulher capaz de realizar as suas fantasias. Quando estive aqui o senhor me disse que deveria ter se casado novamente, para o bem de Richie. No fundo, acho que o senhor queria fazer isso para o seu próprio bem. Assim, não teria sido tão vulnerável a Wendy Hanniford.

— Parece que gosta de brincar de adivinhação, senhor Scudder.

— O senhor foi para a cama com ela. E talvez essa tenha sido a primeira vez desde a morte da sua mulher. Mas isso não vem ao caso. O senhor foi para a cama com ela e gostou, porque continuou voltando lá. O senhor até tinha consciência do pecado, mas preferiu continuar pecando. Certamente, o senhor a odiava por isso. Mesmo depois da sua morte, fez questão de dizer que ela era perversa. Naquele dia, pensei que estivesse justificando os atos do seu filho. Eu não acreditava que ele a havia matado, mas achava que o senhor pensava que sim. E aí o senhor até me contou que ele havia admitido a culpa.

Martin Vanderpoel não se manifestou. Eu o observei enxugar o suor da testa e depois limpar a mão no manto.

— Isso também não significava necessariamente alguma coisa. O senhor poderia ter se convencido de que Richie morreu arrependido. Ou ele poderia ter admitido a culpa porque ficou perturbado com a tragédia. Ele chegou a dizer ao advogado que encontrou Wendy na banheira. Com um pouco de insistência no interrogatório, assumiria que a matou, embora não se recordasse de nada. Outra coisa: quanto mais eu descobria sobre Wendy, ficava ainda mais difícil vê-la como má. Ela pode, inconscientemente, ter provocado coisas más na vida de outras pessoas. Mas por que o senhor a considerava *má*? A única explicação para isso, reverendo, é que ela o fez querer algo do qual o senhor se envergonhava. Por isso a matou. O senhor planejou o crime. Levou a navalha e fez sexo com ela, pela última vez, antes de assassiná-la.

— Isso é mentira.

— Não é. Eu posso até dizer como isso aconteceu. A autópsia mostrou que ela teve relações oral e vaginal, pouco tempo antes de morrer. Se Richie transou, o senhor só pode ter aproveitado o momento da felação para puxar a navalha e cortá-la até a morte. Depois foi para casa e deixou que o seu filho se enforcasse por isso.

Levantei e apoiei o meu pé na frente da sua cadeira.

— Vou lhe dizer o que eu penso. O senhor é um grande canalha. Sabia que Richie voltaria do trabalho um pouco mais tarde. Sabia que ele descobriria o corpo. Talvez só não tivesse certeza se ele enlouqueceria. Mas imaginava que os tiras iriam pegá-lo e dariam duro em cima dele. O senhor armou tudo isso.

— Não!

— Não?

— Eu ia... chamar a polícia. Ia denunciar o crime anonimamente. Eles achariam o corpo enquanto Richie estivesse no trabalho. Ele teria um álibi. E a culpa cairia em algum parceiro anônimo. Eles nunca pensariam...

— Por que não fez isso?

Ele se esforçou para recuperar o fôlego. — Eu deixei o apartamento. Minha cabeça estava tonta, fiquei abalado pelo que fiz. Na calçada, vi Richie chegando em casa. Ele não me viu. Então percebi que era tarde demais. Ele já havia entrado em cena.

— O senhor deixou que ele subisse.

— Sim.

— E por que foi visitá-lo na cadeia?

— Eu precisava vê-lo. Queria contar a verdade, mas não consegui.

Ele inclinou-se para a frente e pôs a cabeça entre as mãos.

Deixei-o nessa posição por um instante. Ele não chorou, não emitiu som algum, ficou ali sentado, olhando algum lugar interior, nas partes escuras da sua alma. Finalmente eu me levantei, peguei uma pequena garrafa de bourbon no meu bolso, tirei a tampa e ofereci a ele.

— Não bebo álcool, senhor Scudder.

— Esta é uma ocasião especial.

— Não bebo álcool. E não permito bebidas em minha casa.

Pensei no assunto e decidi que ele não estava em posição para ditar regras. Tomei um longo gole.

Ele pareceu não se importar. — Você não pode provar nada disso.

— Tem certeza?

— São conjecturas da sua parte. Aliás, essa história não se sustenta.

— Não foi bem isso que ouvi ainda há pouco.

— Sei que de certa maneira até confirmei essa loucura. Mas eu negarei a sua versão. Será palavra contra palavra.

— O senhor tem esse direito.

— Então por que não pára por aqui?

— Se eu ainda não posso provar nada, quem sabe os tiras tenham mais sorte? Antes, eles não tinham razão para dar outro rumo à investigação. Agora a história pode mudar. Pra começar, eles vão querer saber onde o senhor estava na hora do crime. Qualquer falha sua será o suficiente para encorajá-los a continuar. O apartamento ainda está interditado pela polícia. Eles nunca tiveram um motivo para procurar impressões digitais. Terão uma razão agora. Eu imagino que o senhor não tenha se preocupado com esse detalhe. Eles vão querer ver a sua navalha. Se ela for nova, perguntarão da antiga. Revistarão seu guarda-roupa procurando por manchas de sangue. Eu presumo que alguma pista deve ter ficado num lugar ou noutro, sem que fosse possível eliminá-la. A polícia deve reconstituir o caso e, em algum momento, o senhor vai se trair. E aí sua história vai desmoronar de uma vez.

— Eu posso ser mais forte do que imagina, senhor Scudder.

— O senhor talvez apenas dê essa impressão. Uma hora a máscara cai. Nem sei dizer quantos suspeitos já interroguei. A experiência me mostra que seu caso será uma "barbada".

Quando ele desviou o olhar, vi que ainda podia continuar.

— Olhe para a sua vida, reverendo. Uma vez começada a busca, o senhor estará acabado. Não poderá ir ao púlpito nos domingos pela manhã e ler as Escrituras para a sua congregação. Estará desgraçado. Sua vida será um inferno.

Ele continuou ali sentado, em silêncio. Peguei a minha garrafinha e dei outro gole. Beber era contra a sua religião. Bem, o assassinato era contra a minha.

— O que deseja, senhor Scudder? Eu devo lhe dizer que não sou um homem rico.

— Perdão?

— Eu suponho que poderia arranjar pagamentos regulares. Não poderia dispor de muito, mas eu poderia...

— Não quero dinheiro.

— Você não está tentando me chantagear?

— Não.

Ele franziu a testa, intrigado. — Então eu não entendo.

Deixei-o pensar sobre o assunto.

— Você não foi à polícia?

— Não.

— Tem a intenção de procurá-los?

— Eu espero não ter que fazê-lo.

— Não entendo o que você quer dizer.

Engoli um pouco da minha bebida. Tampei a garrafa e coloquei-a de volta no bolso. Do outro bolso, tirei um frasco pequeno de pílulas. E disse:

— Achei estas pílulas no armário de remédios do apartamento na rua Bethune. Eram de Richie. Foram prescritas quinze meses atrás. São Seconal, um remédio para dormir. Eu não sei se Richie tinha dificuldades para dormir, mas evidentemente ele não tomou nenhuma dessas pílulas. O vidro ainda está cheio. São trinta pílulas. Eu acho que ele as comprou com intenção de cometer suicídio. Muita gente provoca um alarme falso dessa maneira. Às vezes, eles jogam as pílulas fora, quando mudam de idéia. Outras vezes, guardam-nas para simplificar as coisas, se decidirem se matar mais tarde. E há pessoas que se sentem seguras em ter os meios de se suicidar perto de si. Dizem que pensamentos de autodestruição ajudam muita gente a atravessar muitas noites difíceis. — Eu fui na direção dele e coloquei o vidro na pequena mesa, a seu lado.

— Há o suficiente neste vidro — eu disse. — Se uma pessoa tomasse tudo isso e fosse para a cama, não acordaria.

Ele olhou para mim. — Você pensou em tudo.

— Sim. Não tive tempo para pensar em outra coisa.

— Você espera que eu acabe com a minha vida?

— A sua vida acabou, reverendo. É somente uma questão de como vai terminá-la.

— E se eu tomar essas pílulas?

— Você deixa uma nota. Desconsolado com a morte do seu filho, não consegue encontrar forças dentro de si para continuar a viver. Não está muito longe da verdade, não é?

— E se eu recusar?

— Irei à polícia terça-feira de manhã.

Ele respirou fundo, várias vezes. Depois, disse: — Honestamente, pensa que seria muito ruim me deixar continuar vivendo a minha vida, senhor Scudder? Eu exerço uma função muita valiosa, o senhor sabe. Sou um bom pastor.

— Talvez você seja.

— Eu penso honestamente que faço algo de bom neste mundo. Não muita coisa, mas alguma. Parece ilógico se eu quiser continuar a fazer o bem?

— Não.

— E eu não sou um criminoso, você sabe. Eu matei... essa garota.

— Wendy Hanniford.

— Eu a matei. Ah, você rapidamente viu isso como um ato calculado, de sangue-frio, não é verdade? Sabe quantas vezes eu jurei não voltar a vê-la? Sabe quantas noites eu fiquei acordado, lutando contra os demônios? Sabe, pelo menos, quantas vezes eu fui até o seu apartamento, com a navalha no meu bolso, dividido entre o desejo de degolá-la e o medo de cometer esse pecado monstruoso? Você sabe de alguma dessas coisas?

Eu não disse nada.

— Eu a matei. Não importa o que aconteça, eu não matarei ninguém mais, novamente. Você pode dizer honestamente que eu constituo um perigo para a sociedade?

— Sim.

— Como?

— É ruim para a sociedade quando criminosos ficam impunes.

— Mas, se agir como você sugere, ninguém saberá por que razão eu terei cometido suicídio. Ninguém saberá que eu estarei sendo punido por assassinato.

— Eu saberei.

— Você será júri e juiz, então. É isto?

— Não. O senhor será, reverendo.

Ele fechou os olhos, reclinando-se na cadeira. Eu queria outro gole, mas deixei a garrafinha no bolso. A dor de cabeça persistia. A aspirina não havia nem tocado nela.

— Eu considero suicídio um pecado, senhor Scudder.

— Eu também.

— Você também?

— Certamente. Se não considerasse assim, eu teria me matado, anos atrás. Há pecados piores.

— Assassinato.

— É um deles.

Ele fixou os olhos em mim. — Pensa que eu sou um homem mau, senhor Scudder?

— Não sou um especialista no assunto. O bem e o mal. Eu tenho muita dificuldade em definir essas coisas.

— Responda a minha questão.

— Eu acho que você tem tido boas intenções. Nós falamos anteriormente sobre isso.

— E eu sou um dos que estão a caminho do inferno.

— Bem, eu não sei para onde vai a estrada, mas há muitos destroços ao longo dela, não é verdade? Sua mulher se suicidou. Sua amante foi retalhada até morrer. Seu filho enlouqueceu e enforcou-se por alguma coisa que não fez. Isso faz de você bom ou ruim? Você tem que descobrir sozinho.

— Você tem a intenção de ir à polícia na terça-feira de manhã.

— Se eu tiver que ir.

— Sim. E o senhor, senhor Scudder? É uma força do bem ou do mal? Eu tenho certeza que o senhor já se colocou esta questão.

— De vez em quando.

— Como responde essa questão?

— De maneira ambivalente.

— E agora, com este gesto? Forçando-me a cometer suicídio?

— Não é o que eu estou fazendo.

— Não é?

— Não. Eu estou lhe permitindo que se mate. Acho que você seria um idiota se não o fizesse, mas não o estou forçando a nada.

17

Eu estava acordado cedo, na segunda-feira de manhã. Peguei o *Times* na esquina e fui lê-lo enquanto comia ovos e bacon e tomava café. Um motorista de táxi havia sido assassinado no Harlem. Alguém lhe havia enfiado um furador de gelo, através de um dos furos de ventilação, na divisória entre os assentos da frente e o de trás. Agora, todo mundo que lê o *Times* conheceria uma nova maneira de atacar um motorista de táxi.

Fui até o banco, logo que abriu, e descontei o cheque de mil dólares de Cale Hanniford. Depositei a metade, peguei o resto em dinheiro e andei até os Correios, onde comprei uma ordem de pagamento de umas poucas centenas de dólares. Preenchi um envelope, no meu hotel, com um endereço, colei um selo, peguei o telefone e liguei para Anita.

Eu disse: — Estou lhe mandando alguma grana.

— Você não tem que fazer isso.

— Bem, para comprar alguma coisa para os garotos. Como vão eles?

— Bem, Matt. Agora, eles estão na escola, naturalmente. Vão sentir ter perdido o seu telefonema.

— De toda maneira, nunca é bom falar somente pelo telefone. Estava pensando: eu poderia pegar umas entradas para o jogo do Mets, na sexta-feira à noite. Se você pudesse levá-los ao Coliseum, eu poderia mandá-los para casa em um táxi. Se você acha que eles gostariam de ir.

— Sei que eles gostariam. Eu poderia levá-los de carro, sem problema.

— Bem, eu verei se posso arranjar as entradas. Não deve ser muito difícil consegui-las.

— Posso falar para eles, ou devo aguardar até você conseguir realmente os bilhetes? Ou você quer dizer para eles diretamente?

— Não, você diz pra eles. Talvez tenham programado alguma coisa.

— Eles cancelarão qualquer coisa para ir ao jogo com você.

— Bem, não se for algo importante.

— Eles podem até ir para a cidade com você. Você poderia reservar um quarto no seu hotel e os colocaria no trem, no dia seguinte.

— Veremos.

— Está bem. Como você tem passado, Matt?

— Bem. E você?

— Bem.

— As coisas vão bem entre você e George?

— Por quê?

— Só estou perguntando.

— Nós ainda estamos nos vendo, se é o que você quis dizer.

— Ele está pensando em se divorciar de Rosalie?

— Nós não falamos sobre isso, Matt. Matt, tenho que desligar, estão buzinando, me chamando.

— Certo.

— E me informe sobre as entradas.

— Certo.

Não foi na primeira edição do *Post*, mas por volta das duas da tarde: eu estava com o rádio ligado numa dessas estações só de notícias, e eles falaram: o reverendo Martin Vanderpoel, ministro da Primeira Igreja Reformada de Bay Ridge, foi achado morto no quarto pela empregada. A morte tinha sido provisoriamente atribuída, ainda dependendo da autópsia, à involuntária ingestão de um excesso de barbitúricos. O reverendo Martin Vanderpoel era identificado como o pai de Richard Vanderpoel, o qual havia se enforcado recentemente depois de ter sido preso pelo assassinato de Wendy Hanniford, no apartamento que os dois alugavam juntos no Greenwich Village. Comentava-se que o reverendo Vanderpoel havia ficado muito desconsolado com a morte do filho e esse desespero provavelmente o levara a dar cabo da própria vida.

Eu desliguei o rádio e fiquei ali sentado, uma meia hora. Depois, fui andando até a esquina, entrei na igreja de St. Paul e coloquei cem dólares na caixa de esmolas para os pobres, um décimo do que eu havia recebido, como um bônus, de Cale Hanniford.

Por um momento, sentei nos fundos da igreja pensando sobre uma porção de coisas.

Antes de sair, acendi quatro velas. Uma por Wendy, uma por Richie, e a vela habitual para Estrellita Rivera.

E, naturalmente, uma para Martin Vanderpoel.

ESTA OBRA FOI COMPOSTA PELO GRUPO DE CRIAÇÃO EM GARAMOND
E IMPRESSA PELA GEOGRÁFICA EM OFSETE SOBRE PAPEL PRINT MAX DA
VOTORANTIM PARA A EDITORA SCHWARCZ EM DEZEMBRO DE 2002